여자나이 스물아홉

일할까 결혼할까 공부할까

여 자 나 이
·스 ·물 ·아 ·홉

일할까 WORK

결혼할까 MARRIAGE

공부할까 STUDY

김희정 지음

북하우스

서른아홉, 나는 어디에 있나?

2005년 가을, 제주 신라호텔. 바다가 내려다보이는 전망 좋은 거실 한가운데에 우두커니 앉아서 '나는 지금 행복한가?'라고 나 자신에게 질문해보았다. 호텔은 나에게 스위트룸을 제공했고 테이블 위에는 호텔에서 준비한 와인과 과일 바구니가 놓여 있었다. 그런데 그 안락하고 호화로운 방에서 성공의 달콤함보다 외롭고 두렵다는 생각이 더 많이 들었다.

그날은 제주 골드키위 사업 2주년을 기념해 뉴질랜드 대사와 뉴질랜드 농림통상부 장관, 남제주군 군수와 제주 골드키위 농가 등이 참석하는 행사가 열렸다. 제주 지역 신문들과 방송들이 모두 찾아와 제주에서 키우는 제스프리 골드키위의 판매 전망과 향후 농가 소득 작물로 골드키위가 어떤 역할을 할 수 있는지에 대해 높은 관심을 보였었다.

이어지는 질의응답과 인터뷰 시간. 겉으로는 미소를 지었지만 내 속은 꽤나 시끄러웠다. "현명한 답변이란 어떤 것일까?" "어떤 대답을 해야 나중에 책임질 일이 없으면서 지금 당장은 그럴듯하게 보일까?" "잠깐, 아까 화장이 이상한 것 같던데 거울을 한 번 더 봤어야 했던 건 아니었는지······" 뿐만 아니라 멀리에서 직접 제주까지 날아온 뉴질랜드 농림통상부 장관의 의전에도 신경을 써야 했다. 정치인들이란 세계적으로 공통점을 가지고 있다. 지금껏 내가 만나본 정치인들의 특성은 '특정 사항에 대해 잘 알지 못해도 전문가 이상으로 고민한 척한다'와 '여러 가지 의미로 해석이 가능하지만 결국에는 아무런 의미도 없는 말들을 무척 수려하게 풀어놓는다'인데 그도 예외는 아니었다. 게다가 뉴질랜드 대사와 제주도 공무원들에게까지 신경을 써야 하는 시간이었다. 과장된 미소, 계산된 친절과 피곤한 배려의 순간들을 보내고 돌아온 호텔방. 내 인생의 뭔가가 어긋나고 있었다. 하지만 그게 무엇인지를 도무지 알 수 없어 더욱 두려웠다.

막연히 알고는 있었다. 소위 '성공'을 얻기 위해 난 인생의 반쯤을 포기하며 살아왔다는 것을 말이다. 작은 것들이 주는 소박한 기쁨, 좋은 사람들과 함께하는 계산 없는 시간들, 아들과 함께 보내는 많은 시간들을 포기할 수밖에 없었다. 내겐 항상 일이 우선이었고, 나머지는 나중에 만회할 수 있을 거라고 생각했었다. 아들과의 시간도 좀더 여유가 생기면, 여행을 떠나고 싶은 마음도, 순간의 작은 행복들도 다 나중으로 미뤘다. '조금 더 시간이 날 때, 조금 더 자리를 잡고 나서, 조금 더 돈을 벌어놓고 나서'라는 핑계들을 끊임없이 찾으며 그 많은 것들을 나의 우선순위에서 밀어냈다. 출산휴가조차 한 달 반만 사용하고 다시 허둥지둥 회사로 나왔었다. 마치 내가 없으면 회사가 당장이라도 쓰러지는 것처럼 말이다. 돌아보면 10년. 헤아릴 수 없이 많은 자리에서 겉으로 웃고 속으로 화내면서 걱정하는 속마음을 남들이 알까봐 전전긍긍 강인한 척하면서 살아온 것이다.

잃는 것 없이 얻어지는 것도 없다는 걸 잘 알고 있었다. 세상에 공짜란 없다는 것도. 생은 공평하다는 것도. 그래서 더욱 두려워졌다. 제주도에서의 그 저녁, 나는 자문했다.

"앞으로 더 큰 성공을 이루기 위해서 나는 또다시 인생의 어떤 부분을 버려야 하는 것일까?"

어느새 서른아홉이다. 이십대 초반에 스스로에게 했던 질문들. 서른이 넘어 어른이 되면 답을 알 수 있을 것만 같았던 질문들에 대해 나는 아직도 답할 수가 없다.

성숙되어간다는 건 뭘까? 나이 들어간다는 건 뭘까? 사는 데 정말 요령이 필요한 걸까? 잘난 척하는 요령이 늘었다는 걸까? 어른인 척하는 건 어떤 걸까? 그날 제주도에서의 내 모습이 혹여 20여 년 전에 내가 경원하던 '적당히 성공한 그러나 겸허할 줄 모르는 유치한 기성세대'의 모습은 아니었는지 문득 두려워졌다.

서른 중반을 넘어서면서 내 모습을 참을 수 없을 때가 많아졌다.

특히 하릴없이 술을 마신 다음날 아침, 취기를 이유로 잘난 척하며 말이 많았던 전날 밤의 끔찍한 내 모습이 떠오르는 날들이 많아졌다. 그저 순간의 공허함을 메우기 위해 자존을 어딘가에서 놓아버린 나를 보는 것만 같았다. 나는 여전히 가슴속에 이십대의 열정을 품고 있다고 믿고 싶어했지만 다음날 아침 거울 속의 나는 그저 어정쩡한 중년 아줌마일 뿐이었다.

마흔이 되기 전에 떠나야 한다는 절박감이 든 것은 그래서였다. 지금 잡고 있는 것들을 놓아야 한다는 것을 알게 되었다. 앞으로 나를 기다리는 게 무엇인지는 모른다. 그러나 지금 새로운 길로 떠나지 않으면 안 된다는 것만큼은 명확했다.

10년 전 스물아홉, 나에게는 지도가 없었다. 스물아홉이 주는 불안감, 이제 이십대를 마감한다는 절박함 때문에 그냥 주어진 길을 따라 열심히 달려왔을 뿐이다. 이젠 길을 가늠하고 달려가고 싶다. 10년 후, 나에게 불을 밝히고 있는 주막의 등이 지금 내가 그리는 그 빛이 아니더라도 적어도 나만의 지도와 나침반을 살피며 달리고 싶다.

내가 쓰는 이 글은 10년 전의 나에게 보내는 글이다. 또한 이 글이 10년 후를 꿈꾸는 이 땅의 수많은 후배들에게 도움이 되는 '인생의 지도'가 되었으면 하는 바람이다.

03
공부는 빚을 내서라도 하는 게 좋다

04
성공하려면 일 잘하는 여자보다 정치 잘하는 여자가 돼라

01

여자 나이 29, 지금이 당신의 → 터닝포인트다

내가 꿈꾸는 성공은 도대체 무엇인가 | 명함만으로 설명되는 삶을 산다는 것 | 사회생활, 어떻게 해야 오래 살아남을 수 있을까 | 근사한 일을 한다고 내가 근사한 것은 아니다

내가 꿈꾸는 성공은
도대체 무엇인가

20대 중반이었던 것 같다. 내 또래에 해외 홍보사절단으로 선정된 한국 여성의 기사를 읽고 충격받은 적이 있었다. '전직 외교관의 딸로 여러 외국어에 능통한 그녀는'으로 시작되는 기사를 읽으며 왠지 잘나가는 사람들은 시작부터 다르다는 억울한 생각이 들었다. 그러면서 '나도 저렇게 성공해야지' 하는 결심을 새록새록 했었다. 하지만 정작 무엇이 성공일까? 다들 성공을 꿈꾼다고 말하는데 사실 '성공'이라는 게 어떤 건지 아직도 모르겠다. 나에게 충격을 주었던 신문 기사 속의 그 주인공은 성공한 인생이었을까?

언젠가 들은 이야기인데 오래도록 마음속에서 잊혀지지 않는 말이 있다. 성공하고 싶다면 막연하지 말라는 것이다. 만약 당신이 10년 뒤 성공을 이루고 싶다면 어떤 모습으로 성공해 있을 것인지를 세세히 적어보라는 충고였다. 그 말을 듣고 당장 실천해보았다. 내가 그토록 이루고 싶었던 것은 바로 '성공'이었으니 말이다. 그러나 막상 한 세 줄 쓰고 나니 딱히 더 쓸 것이 없었다. 나의 바람은 막연히 '성공하고 싶다'였다. 〈부자가 되고 유명해지기Be Famous and Rich〉 등의 외국 드라마처럼 나의 성공이라는 목표에는 돈 많고 유명해지는 것 외에 별다른 세부 사항이 없었다.

승진? 어떤 승진? 어느 위치까지의 승진? 직장에서 내 사무실이 따로 있을 만큼의 지위에 오르기? 그렇다면 그 사무실의 크기는 얼마만큼이어야 할까? 외국 영화처럼 도시가 한눈에 내려다보이는 전망 좋은 통유리로 된 사무실? 개인 어시스턴트가 있는 직장생활? 내 개인적인 일정까지 처리해주는 전담 비서가 있는 생활? 억대의 연봉을 받는 생활? 최고급 자가용을 굴리는 생활? 아니면 회사에서 제공한 기사까지 있는 생활? 어떤 일을 하고 얼마만큼의 결정권을 가지게 되는 게 성공일까? 질문도 대답도 모두 막연했다. 그래서 알게 되었다. 나는 진정한 성공이 무엇인지도 모르고 그저 욕심만 냈던 것이다.

예전에 광고 회사에 다닐 때다. 그야말로 '야심' 있는 여자 선배가 한 명 있었다. 사회 초년병인 내가 보기에도 똑 부러지게 일하면서 자기 목소리를 낼 줄 알고 자신을 꾸밀 줄도 아는, 그래서 꽤 어려워 보이던 선배였다. 성격 또한 까다로워서 그 밑에서 일한다는 건 상상하기도 싫었지만 다른 팀에서 보기에는 근사해 보였다. 선배는 지독하게 열심히 일을 했고 그 능력을 인정받아 외국계 광고

대행사의 해외 매니저 자리를 얻게 되었다. 해외에서의 직장생활이라. 그것도 한국 여성이 중역으로 해외에서 일한다니 너무나 근사할 것 같았다. 이후 그 선배가 태국에서 근무하다가 상하이로 옮겨갔다는 것을 소문으로 전해 들었다. 제스프리에서 일을 시작한 후 상하이로의 출장이 잦아졌고 어느 날 그곳에서 그 선배를 다시 만나게 되었다.

선배는 당시 상하이에 있는 한 외국계 광고대행사에서 일하고 있었다. 선배의 집은 회사가 얻어주었는데 상하이 도심이 한눈에 내려다보이는 초고층 호텔식 아파트로 거실에 서면 상하이의 야경이 가히 환상적이었다. 선배는 회사가 제공한 중국어 선생에게 중국어를 배우는 중이었고 도우미 아줌마까지 두고 있었다. 선배는 홍콩의 업무까지 맡고 있어서 홍콩을 매주 드나들며 지냈고 저녁마다 약속이 잡혀 있을 정도로 사람들을 만나는 게 일이었다. 내가 선배를 만나러 갔을 당시에도 다국적 기업의 샴푸 광고를 맡아 배우 장쯔이를 모델로 촬영을 하느라 정신없이 바쁜 모습이었다.

선배가 바쁜 일정을 쪼개 시간을 낸 하루, 나는 선배와 함께 저녁을 보내었다. 아름다운 야경이 보이는 거실의 고급 소파에 앉아서 집 안 곳곳에 은은한 촛불까지 켜놓고 선배의 와인 창고에서 고급 와인들을 꺼내 함께 마셨다. 그때까지 싱글이었던 선배는 저녁 내내 "연애를 하고 싶은데 남자 만날 시간이 없어"를 입버릇처럼 말하곤 했다. 그렇다면 내가 막연히 상상했던 성공한 싱글 여성의 모습이 이런 것이었을까? 고백컨대 그날 저녁 나는 선배의 성공한 모습이, 어쩌면 내가 꿈꾸었을지도 모르는 그런 삶이 그다지 부럽지 않았다. 늘 일에 쫓기고 그렇게 바쁜 것으로 타국 생활의 외로움을 잊으려고 애쓰는 선배의 생활이 가파르고 힘든 길로 보였다.

가끔 흔히 말하는 '성공한 여성 CEO'들을 만날 기회가 있다. 그럴 때마다 나는 자문한다. '나는 저 모습이 부러운가?' '나는 저렇게 살고 싶은가?' 아쉽게도 나는 아직까지 저만큼 이루고 싶다는 성공(?)의 롤모델을 만난 적이 없다. 그렇기 때문에 내게 있어 성공이라는 명제는 갈수록 그 의미를 알 수 없는 것인지도 모르겠다.

사회생활에서 흔히 성공이란 걸 꿈꾸는 후배들이 있다면, 10년 뒤 자신이 꿈꾸는 모습을 아주 세부적으로 그려볼 것을 권한다. 내 친구가 말하길 막연한 건 꿈일 뿐이지 비전이 아니라고 했다. 그 친구는 꿈과 비전에 대한 구분을 명쾌하게 해주었다. 꿈이란 '이제 좋은 사람 만나서 시집가고 싶다'인데 반해 비전이란 '올 한해 소개팅 또는 선 자리를 적어도 한 달에 한 번은 마련하겠다. 내년까지는 지속적 만남이 가능한 남자를 만날 것이고, 내후년 안에는 결혼을 하겠다'라고 말이다.

'막연히 성공하고 싶다'는 허황된 꿈으로 남을 가능성이 많다. 성공하고 싶다면 세부 비전을 가져야 한다. 나에게 성공이란 무얼 의미하는지를 하나씩 실체를 가진 모습으로 정리하다 보면 자신의 꿈이 훨씬 선명하게 보이거나 나처럼 꿈 자체가 전혀 준비되지 않았다는 것을 깨닫게 될 것이다.

명함만으로 설명되는
삶을 산다는 것

언제나 말했었다. "세상이 주는 허명과 제스프리 사장이라는 자리에 연연하지 않을 자신이 있다"고. 그런데 한 해 두 해 점점 제스프리 한국 지사장이라는 자리의 달콤함에 익숙해져갔고 이를 거부할 자신이 없어졌다. 두려웠다. 자꾸만 이 자리에 연연하게 될 것 같아서 말이다. 제스프리 지사장 시절, 아니 어쩌면 지금까지도, 많은 이들에게 나는 '제스프리 지사장 김희정'일 뿐 인간 김희정이 아니었다. 그리고 무엇보다 그 자리를 즐기고 있는 건 나 자신인지도 모른다는 생각이 들었다. 어느새 10년. 그동안 제스프리는 나의 또 다른 이름이었고 그 타이틀 뒤에 내가 숨어 있었다.

나의 인간적인 매력도 결국은 그 타이틀을 가지고 있을 때 생겨나는 것이었다. 그래서 점점 더 불안했었다. 이러다 세상이 주는 허명에 연연해서 그 자리에 구속되어 살게 될 것 같았다. 명함이 나를 대신해주는 편리함에 길들여진 것이다. 굳이 내가 누구인지를 설명하지 않아도 명함만으로 나의 일과 지위가 설명되니 얼마나 편리한 일인가.

첫 직장이던 광고대행사 거손을 대책 없이 그만두었다. 첫 직장이라는 게 늘 그러하듯 '내가 겨우 이런 일을 하려고 대학을 나왔나?'라는 생각이 들 만큼 한심한 일투성이였다. 복사하고 팩스 보내고 전화 메모 받고. 거기에다 도무지 존경할 수 없는 상사의 모습이라니. '5년 뒤에 저 과장님처럼, 10년 뒤에 저 부장님처럼 되는 걸까'라고 생각하면 어린 마음에도 끔찍했다. 이건 아닌데 싶었다. 어디에서부터 어긋난 것인지 처음부터 다시 생각해보고 싶었다. 지금에야 그때 내가 세상을 정말 몰랐다는 것을 알지만, 그때는 그것이 올바르다고 믿었다.

그렇게 회사를 그만둔 후 어떤 모임에 가게 되었다. 평소 알고 지내던 사람들뿐만 아니라 처음 만나는 사람들도 꽤 있는 자리였다. 다들 서로 먼저 명함을 건네는데 나는 명함이 없었다. 순간 초라하다는 생각이 들면서 내가 꼭 실패자가 된 느낌이었다. 명함이 없는 것이 마치 내 존재를 설명할 길이 없는 것처럼 느껴졌고 혼란스러워졌다. 그 뒤 나는 다시 직장생활을 시작했고, 어느 순간부터 또 명함의 편리함 뒤에 숨어 지냈다.

일이란 우리 생의 한 부분이므로 일이 나를 규정하는 전부여서는 안 된다. '김희정'이라는 사람의 삶이 한 장의 명함만으로 설명된다는 건 끔찍하다. 그렇기 때문에 명함 뒤에 숨지 않는 일상을 살아야 한다. 명함이 설명해줄 수 없는 삶도 가지고 있어야 한다. 그러나 일상은 그리 녹록하지 않다. 깨어 있는 시간 대부분을 회사에서 보내는 일상. 저녁 약속도 대부분 일과 관계된 사람들과의 식사 자리이지 않은가. 일 이외의 무엇인가를 하려면 정말이지 부지런해야 한다.

안타깝게도 나는 전혀 그렇지 못했다. 평일은 모든 시간을 일하는 데 썼고 저녁 약속 없이 일찍 집에 들어온 날엔 소파에 붙어서 손가락 하나 움직이기 싫었다. 주말은 대부분 출장을 가거나 출장이 없을 때는 그간의 미안함을 보상하려고 아들과 지냈다. 그러다 보니 일과 아들 외에 온전히 나만을 위해 뭔가를 배우거나 시도할 수 있는 시간들이 점점 줄어들었다.

외발 자전거를 탄 것이나 마찬가지라는 생각이 들었다. 계속해서 숨가쁘게 페달을 밟아야만 겨우 앞으로 나아가는 외발 자전거의 인생. 한순간이라도 멈춰 서면 바로 쓰러져버리는 외발 자전거처럼 바쁜 일상에 묻혀 정신없이 페달을 밟아야 비로소 쓰러지지 않고 서 있을 수 있는 일상을 내가 살고 있는 것이었다.

2005년 겨울 언저리쯤, 매력적인 남자 친구 두 사람을 한 달 간격으로 만나게 되었다. 한 남자는 국내 대기업의 회장 비서실에서 일하는 친구로 함께하는 자리의 사람들을 유쾌하게 만들어주는 성품을 가졌다. 처음 만난 날 "너 혹시 워커홀릭 아니니? 어떻게 그렇게 일 이야기만 할 수 있니?"라고 그가 내게 물었다. 그러면서 "넌 무슨 여자가 그렇게 드라이하냐?"라고 말했다. 내가 얼마나 따뜻하고 아날로그적 감성을 지닌 사람인지 네가 몰라서 하는 소리라며 그의 말을 무시했지만 처음 나를 만난 사람에게서 나온 말들이 마음에 남았다.

그래서 내 지인들과 친구들에게 물어보았다. "너 내가 일 중독이라고 생각하니?" 20년 넘게 나를 알고 지낸 친구의 대답이 "응, 너 일 중독으로 보여"였다. 그랬구나. 내가 일 중독으로 살고 있구나. 잠시 숨 고르기 하는 걸 잊었구나. 그때야 비로소 내가 보였다.

다른 한 남자는 방송국에서 일했다. 주말마다 산에 가고 휴가에는 히말라야에 다녀오고 해외 입양아들의 부모를 찾아주는 봉사활동을 몇 년째 해오고 있었다. 그는 부인을 사랑해서 결혼했고 지금도 많이 사랑한다고 말하는 사람이었고 주중에 부인에게 연애편지를 보내는 멋진 남자였다. 앞서 이야기했던 국내 대기업에 다니는 그 친구에게도 부장이라는 직함 외에 야학에서 아이들에게 영어를 가르치는 교사라는 이름이 있었다.

이런 것들, 조금만 돌아보면 할 수 있는 그 어떤 것도 나는 하지 않고 있었다. 그저 바쁜 척, 일하느라 힘든 척하느라 나는 명함 이외의 삶을 살 줄 몰랐다. 그래서 그 친구들이 그토록 매력적으로 느껴졌나 보다. 그 친구들은 자신의 명함만이 전부가 아닌 삶을 살고 있었고 그들의 모습 속에 내가 잃고 사는 것들이 보였기 때문이다.

자신의 분야에서 전문가로 인정받고 성공하려면 인생의 한순간은 온전히 일에 미쳐야 한다는 것은 사실이다. 그러나 단언컨대, 그 일을 오래도록 즐기기 위해서는 일만큼 내 삶의 다른 부분도 기꺼이 사랑해주어야 한다는 것을 기억하자.

사회생활, 어떻게 해야
오래 살아남을 수 있을까

직장 초년병 시절, 사회생활과 자아실현 사이에 별반 상관관계가 없다는 걸 깨닫게 되기까지는 별다른 지적 능력을 요구하지 않았다. 어영부영 사회생활이란 걸 시작한 지 16년이 넘어서자, 그제서야 사회생활을 오래도록 한다는 게 어떤 의미일지 생각해본 적이 있다. 우리는 왜 일을 할까? 그저 남들이 하니까 하는 걸까? 남들처럼 학교에 다니고 졸업하고 직장에 다니고 그래야 하는 걸까? 사회에서 낙오된 것처럼 보이지 않기 위해서는 명함 하나가 꼭 필요한 것일까? 그러다가 능력 있는 남자 만나서 쇼핑하며 헬스장에 다니는 삶을 살 수 있게 되기까지의 임시 정거장으로 일이 필요한 것일까?

내게 사회생활을 오래도록 한다는 건, 세상이 생각보다 더 치사하다는 것을 이해해가는 과정이다. 일을 잘하기보다 정치를 잘해야 한다는 것, 남을 이기려면 그보다 더 유능함을 증명해 보일 것이 아니라 그보다 더 오래 살아남아야 한다는 것을 깨닫고 있는 것이다. 폼을 잡기 위해 가끔은 구겨져야 하고 타협의 치사함을 참아내는 것도 강해지는 과정의 일부라는 것을 배우고 있는 것이다.

어느 책에선가 읽었던 구절처럼 사회생활이란 '환상이 삶을 이끌어가는 하나의 방편임을 환상 없이 깨닫는 것'이 아닐까 생각된다. '성공한 직장 여성'이라는 스스로의 최면은 나에게 지리한 사회생활을 버텨내는 일종의 방패가 되었다. 물론 매달 지급되는 급여가 가장 현실적이고 절실한 이유였지만 말이다.

제스프리 한국 지사의 마케팅 세일즈 방향을 두고 다시 본사와 설전을 벌이러 가는 비행기 안에서였다. 내가 본사의 결정을 더이상 참지 못해 일을 그만두게 된다면, 다시 말해 뉴질랜드 본사에서 나의 건방짐에 한계를 느껴 결국 해고의 수순을 밟게 된다면 내가 얻게 되는 교훈은 뭘까? 아마도 '시간을 기다리는 인간이 되자'보다 '다음부터는 시간을 기다려야 하는 일은 하지 말자'일 것 같았다. 도쿠가와 이에야스의 기다림의 철학을 이해하지 못하는 나로서는 영영 천하를 통일할 수 없겠지만 그래도 속병이나 생기지 않게 살아야겠다는 생각이 들었다. 그리하여 몇 해가 지난 지금도 여전히 나는 때를 기다리고 시간을 기다리는 법을 알지 못하는 것 같다. 치사해도 버텨내고 살아남는 법을 배워야 하는 것을. 그것이 패배가 아니라 이기기 위한 하나의 과정임을 나는 아직도 가슴으로 알고 있지 못한다.

그래서 또 생각한다. 사회생활을 오래 하기 위해서는 타협하고 살아남는 것도 중요하지만 가끔은 버릴 줄도 알아야 한다고. 사회에 첫발을 내딛었을 때의 열정으로 일에 달려들 수 있어야 한다. 왜냐하면 이런 열정이야말로 일을 이끌어가는 힘이라 믿기에. 타협의 중요성과 가끔은 지는 게 이기는 것이라는 것도 알고 있어야 하지만 그렇다고 열정마저 잃어버린다면 우리가 일을 해야 할 이유는 도대체 무엇인가. 그런 인생은 슬플 것 같다.

승진이 빠른 만큼 퇴장도 빠른 광고계에서 오십이 넘은 지금도 현역 광고인으로 활동하는 여성이 있다. 한때 같은 직장을 다니기도 했지만 그분 밑에서 일할 기회가 없었기 때문에 나는 그분의 무용담을 광고계의 전설로만 들을 수 있었다. 한두 해쯤 전이다. 우연히 전직 재벌 그룹의 회장을 잠깐 만날 기회가 있었다. 은퇴를 하셨지만 한때 대한민국을 대표하는 여러 개의 계열사를 거느린 분이셨다. 뉴질랜드와 관련된 일 때문에 잠시 미팅을 하게 되었는데 단 5분 만에 일 이야기가 끝이 났다. 앞에 놓인 커피를 아직 다 마시지도 않았는데 일어나기가 어색해 난감한 상황이었다. 그분과 나의 인연이래야 한때 그분이 그룹의 회장을 하시던 시절에 내가 그분 계열사 중 하나인 광고대행사의 대리급 직원이었다는 인연밖에 없는데 도대체 어떤 얘기를 꺼내야 10분을 채우고 어색하지 않게 일어날 수 있을까? 그래도 공통점은 광고회사뿐이니 그 이야기를 할까? 그런데 그룹 회장과 계열사 대리는 도대체 어떤 공통의 관심사가 있을까?

자연스럽게 보이려고 노력하면서 "그룹을 이끄시면서 계열사가 제품 광고를 한다는 것에 대해 어떤 생각을 하셨나요?"라는 질문을 했다. '도대체 그룹 회장이 수천 가지가 넘는 계열사 제품들의 광고에 대해 뭘 생각했겠는가? 그게 질문이냐?' 하는 생각이 이내 뒤따랐지만 이미 엎질러진 물이었다. 그런데 그분이 "그룹 회장을 하면서 무수히 많은 광고를 만드는 것을 보았고 지시도 했지만 잊을 수 없는 여자 친구가 한 명 있었다"라고 말씀하시면서 그 여성 광고인에 대해 이야기하는 것이 아닌가.

당시 회사의 주력 제품에 대한 중요한 광고 제안이 있었는데 회장은 그 안이 썩 마음에 들지 않았던 모양이었다. 회장의 마음에 들지 않는다는 사실은 곧바로 광고대행사로 전달되었고 대행사에서는 부랴부랴 대안을 만들어야 했다. 그때 그 광고의 담당 카피라이터였던 그 여성 광고인은 회장님이 출장 가는 스케줄을 알고 다음 날 새벽부터 공항에 나와 기다리고 있었다. 출국장으로 향하는 짧은 시간 동안 비서진들을 비집고 들어와서는 다시 한번 자신이 제시했던 안을 들어봐 달라고 말하는 그녀의 열정 가득한 눈빛에 회장은 감동을 받았다. 그러고 말씀하셨다. "그 친구는 아직도 일하고 있을 거야. 참 대단한 친구였어." 내가 알기로 그분은 지금 '웰컴'이라는 광고대행사의 부사장으로 일하고 있다.

진정성이란 이런 것이다. 그룹 회장의 마음을 단 몇 분의 만남으로 되돌리는 진정성의 힘. 내 일에 대한 열정과 자부심이야말로 사회생활을 오래도록 하게 만드는 기장 기본적인 에너지가 아닐까?

자조적 눈빛으로 내가 자꾸 비겁해지는 건 아닌지 돌아보게 될 때, 아직은 그럴 때가 아니라고 굳게 믿어보자. 내 안의 나, 그 안의 열정이 주는 힘들로 우리는 내일을 꿈꿀 수 있게 된다.

근사한 일을 한다고
내가 근사한 것은 아니다

2005년에 제스프리 자선 콘서트를 기획했었다. 기업이 사회에 공헌한다는 거창한 의미로 시작한 콘서트였다. 제스프리가 한국에서 이만큼 돈을 벌고 성공했으면 한국 사회에 작은 성의 표시쯤은 해야한다는 나름대로의 생각이었다. 물론 이 콘서트를 통해 제스프리의 기업 이미지를 높이자는 홍보에 대한 욕심도 마음 한켠에 숨어 있었다.

아름다운 재단에 기부금 전액을 전달하기로 하고 진행한 이 콘서트는 "티켓 수익금의 일부가 장학금으로 쓰입니다"가 아니라 "티켓 판매액 전액이 장학금으로 쓰입니다"인 행사였다. 콘서트 자체 경비는 제스프리 한국 지사가 조달하고 티켓 판매액은 순수하게 장학금으로 전달했다. 잠실 체조경기장에서 열린 공연에는 안치환, 윤

도현 밴드, 유리상자, 강산에가 출연했고 8천 명이 넘는 관객이 모여들었다. '제스프리 콘서트가 과연 얼마만큼 성과를 거둘 수 있을까' 하는 고민으로 준비하는 동안 걱정도 많았지만 콘서트는 성공적이었고 약 9천만 원의 티켓 판매 수익을 아름다운 재단에 제스프리 장학금으로 전달할 수 있었다. 기업의 기부가 오히려 사회보장 시스템의 안전망을 저해하는 요인이 될 수도 있다는 주변의 반대의견도 있었지만 내가 정치를 해서 사회복지 시스템을 변화시킬 수 없다면 이 정도의 사회적 기여라도 하는 것이 좋지 아니한가라는 생각이었다. 그러면서 나는 스스로 꽤나 폼나는 자본주의자가 되어간다고 생각했다.

그러나 내가 근사한 일을 한다고 해서 나의 본질이 근사해지는 것은 아니라는 것을 이때는 알지 못했다. 항상 그래왔던 것 같다. 작은 사회단체에 급여의 일정액을 기부하고 지인을 통해 개인적으로 장학금을 주는 일을 할 때마다 나는 내가 근사한 사람인 줄 알았다. 이러한 작은 기부활동들은 나의 골프장 출입과 비싼 양주를 마시는 행위들에 대한 면죄부가 되어주었다. 그러나 돌이켜보면 나는 환경단체에 기부금을 내었을지언정 이면지를 사용하지는 않았고 일회용 컵들을 소모적으로 사용했다. 나의 근사한 기부는 남이 아닌 나에게 과시하기 위한 것에 불과했던 것이다.

사회생활 끝에 근사하게 남는 이들을 보면 모두가 공통점이 있다. 그들은 남에게 보이기 위해서가 아니라 스스로에게 근사해지려고 노력한다. 나는 몇 푼의 기부금으로 인간에 대해 사물에 대해 생명에 대해 내가 지키지 않는 일상의 소소한 예의들을 무시했다. 인간으로 산다는 것, 그 가장 기본적 예의를 고민하지 않았던 것이다.

북한 어린이들을 돕기 위한 성금을 내면서도 진정으로 그들을 위해 가슴 아파하지는 않았다. 단 한 번 내 몸을 움직여 봉사활동을 해본 적 없이 단지 컴퓨터 자판을 두드려 소액을 송금하는 것으로 내가 마치 커다란 봉사라도 하는 듯 착각한 것이다. 그리하여 나는 점점 작아졌고 사는 게 힘이 든다며 스트레스가 너무 쌓인다며 엄살만 키워나갔다.

그동안 나는 한 번도 진실로 아파하지 않았다. 일상이 피곤하고 일이 힘들고 주변 사람들이 나를 지치게 해서 아프다고 말할 줄만 알았지 내 꿈이 작아지는 것에 아파하고 내 그릇이 더 커지지 못함에 아파하지는 않았다.

바쁜 하루 어디쯤 문득 '이건 아닌데' 하는 생각이 든다면 스스로 물어볼 일이다. 우리가 인간으로서 진정 잘 살아내고 있는 건지 혹시 괜한 엄살을 부리며 살고 있는 건 아닌지 말이다.

02

슈퍼우먼, 결혼의 압박은 ↗ 잊어라

예쁘고 일 잘하고 성격도 좋은 여자는 없다 | 일을 계속할까, 결혼할까, 공부를 할까? | 여성스러움의 강박에서 벗어나라 | 술 잘 마시는 여자가 쿨하다는 것은 낭설이다 | 육아와 직장생활은 병행할 수 없다 | 프로의 남녀는 구별된다 | 미안하다, 사랑한다 나를

예쁘고 일 잘하고
성격도 좋은 여자는 없다

일 잘하고 성격 좋고 살림도 잘하는 예쁜 여자는 드라마 속에서만 존재한다고 굳게 믿고 있다. CEO로 일을 하다 보면 인터뷰를 요청 받을 경우가 생각 외로 많다. 처음에는 누가 나를 인터뷰한다는 사실이 어색했지만 인터뷰는 업무의 연장선에 있었다. 나의 인터뷰가 회사의 브랜드 이미지를 높이는 데 도움이 된다면 그것 또한 업무의 연장이다. 문제는 이 인터뷰라는 것이 절묘하게 포장되기 쉽다는 사실이다.

한번은 나에 대한 신문 기사를 읽으며 '이게 누굴까?'라고 생각했었다. 특별히 메이크업까지 하고 찍은 사진과 함께 기사 속의 나는 마치 미모(?)의 소유자에 일 처리 능력이 뛰어나고 거기다 아이까지 있는 슈퍼우먼처럼 보였다. 하지만 일상의 나는 기사와 전혀 상관없는 삶을 살고 있다. 혹여 내가 그 기사에 조금만이라도 근접한 삶을 살았다면 그건 계속된 발버둥의 결과였을 것이다.

예쁘고 일도 잘하려면 무엇보다 부지런해야 한다. 예뻐지려면 시간이 걸린다. 일하면서 언제 얼굴 가꿀 시간을 내야 할지 나도 그게 고민이었다. 돈도 많이 들뿐더러 시간을 낸다는 게 보통 일이 아니다. 그래서 얼굴 마사지라도 한 번 받으려면 24시간 서비스하는 곳을 찾아야 했다. 이것도 한두 번이지 지속적 관리는 어렵다. 또한 매일 이어지는 온갖 회식의 안주, 안주, 안주들을 앞에 두고 어찌 몸매 관리가 가능할까? 전날의 숙취 때문에 화장도 제대로 못하고 출근하는데 쿨한 이미지가 나올 리 만무하다.

끊임없이 되풀이되는 공과금 납기일 넘기기 또한 기본이다. 통장은 어디에 있는지, 우리 아들 예방 주사 스케줄은 언제인지 항상 반쯤 오리무중이었다. 어느 일요일에는 집에 있는데 갑자기 물이 나오지 않았다. 집을 뒤져보니 이미 지난 고지서가 한쪽 귀퉁이에 나뒹굴고 있었다. 마치 죄인이 된 심정으로 관공서에 전화를 걸어 수도세를 내지 않아서 물이 나오지 않는다고 조심스레 이야기했다. 그랬더니 친절한 공무원 아저씨가 "수돗물은 국민 생활의 가장 기본 요소이기 때문에 어지간한 일로 단수를 시키지는 않습니다. 요금 체납으로 단수시킨 지역이 없으니 집 안 시설을 살펴보세요"라고 했다. 그분 말대로 우리집의 수도가 고장이 났었고 그걸 고치느라 한나절을 다 보내며 대한민국은 수도세를 체납해도 단수하지 않는다는 사실을 배웠다.

어느 날은 미팅을 하는 내 모습을 문득 보니 코듀로이 바지에 여름 셔츠를 입고 있었다. 계절은 이미 여름에서 가을로 넘어갔는데 옷장 정리도 안 됐고 나의 계절 감각마저 정리가 덜 되었기 때문이다. 집에 와서 옷장을 정리한 후 나름대로 차려입었다고 생각했는데 이럴 때면 또 구두가 문제다. 이놈의 정장 구두는 왜 이리 관리가 어려운지. 패션은 구두로 완성된다는데 나의 패션은 완성과는 거리가 멀었다. 굽을 제때 갈지 않아 늘 징 부딪히는 소리가 복도에 울리거나 언제 닦았는지 의아할 만큼 구두코에 뽀얀 먼지가 앉아 있곤 하니까 말이다.

일도 잘하고 성격도 좋은 건 더더군다나 어렵다. '일을 하다 보면 성격을 버리게 된다'는 게 내 지론이다. 나는 제스프리의 지사장이라는, 사람들을 만나고 많은 결정들을 내려야만 하는 자리를 별다른 준비 없이 직면하게 되었다. 처음에는 나도 여유를 가지고 예의를 지켜가면서 끝까지 상대방의 이야기를 듣고 함께 고민했던 것 같다. 그러나 많은 결정들을 빨리 내려야 하고 나의 결정에 의해 많은 사람들의 노력과 스케줄이 흔들릴 수도 있다는 책임감을 깨닫게 되면서 점점 변해갔다. 하루에도 여러 질문들이 내게 쏟아졌고 누구에게도 의지할 수 없는 나는 스스로 답을 찾아야 했다.

그러면서 나도 모르게 기다림의 미학 따위는 까마득히 잊어버렸다. 뭐든 '빨리빨리' 해야 하고 잘 안 되면 짜증부터 났다. 남의 이야기를 끝까지 들어줄 인내가 없어지면서 결론부터 빨리 말하지 않으면 몹시 답답해하고 상대의 요점만 듣고 싶어했다. 더 심각한 것은 어느 순간부터 내가 기대했던 대로 일이 진행되거나 처리되지 않으면 화를 낸다는 것이다. 나는 점점 권위적으로 변해갔고 남에게 시키는 것에 익숙해졌고 그런 모습이 일상에서도 배어 나왔다.

어느 사이 내게 전화를 건 사람들은 모두 "지금 통화 가능해?"라고 먼저 물었고 십중팔구 나의 대답은 "응, 간단하게"였다. 지금 생각해보면 어이없을 만큼 권위적이고 무언가에 쫓기는 듯 언제나 여유가 없었다. 그 상황에서 성격까지 좋기란 불가능했다. 가끔 업무상의 전화를 서로 기분 나쁘게 끊고 나면 처음에는 '일 처리가 그 정도밖에 안 되나?' 하며 상대방에게 화를 내다가 '내가 왜 이렇게 예의가 없지? 조금 더 친절하게 설명할 수도 있었는데' 하는 생각들이 따르기도 했다. 그러나 그것도 잠시, 다시금 정신없는 일상 속으로 돌아가면 조금 전의 반성은 까마득하게 잊어버리고 다시 '빨리 빨리'의 조급함 속으로 빨려들어갔다.

예전에 함께 일하던 방송작가가 있었다. 얼마 전에 〈안녕 프란체스카〉라는 색다른 드라큘라 이야기를 쓰기도 했던 그는 따뜻하고 재기 발랄했던 이로 기억에 남아 있다. 어느 날 그 사람이 "장동건 씨와 일을 했는데 잘생긴 외모와 근사한 몸매, 연기도 잘하는데다 성격까지 좋은 사람이다. 인간이 그렇게 완벽하면 안 되는 것 아닌가?"라고 말했다. 내가 실제로 만나보지 않아서 모르겠지만 세상에는 가끔 그런 사람들도 존재하는 것 같다. 그래도 여전히 나는 이렇게 믿는다. "저 사람들도 분명 어딘가에 뭔가를 빠뜨리고 다니거나 하나씩 빼먹고 살 거야."

세상이 드라마처럼 예쁘기만 한 게 아닌 것처럼 일 잘하고 예쁘고 성격까지 좋은 여자는 이 세상에 존재하지 않는다. 그러니 내가 그러하지 않다고 해서 전혀 주눅 들 필요가 없다. 우리는 결코 영화 속 슈퍼우먼이 될 수 없으므로.

일을 계속할까, 결혼할까, 공부를 할까?

"외로워서 결혼하고 싶은가? 결혼해도 외롭다. 결혼해서 외로우면 싱글인 채 외로운 것보다 훨씬 심란하다." 20대 후반의 여자들은 한 번쯤 '결혼을 해야 하나, 일을 계속 해야 하나, 공부를 더 해야 하나?'라는 고민들을 하게 된다. 세상을 조금 더 살아보았고 직장을 조금 더 다녀봤다는 이유만으로 내가 감히 조언을 하자면 답은 간단하다.

"공부? 가능하면 해라. 아니 무리가 되더라도 하는 게 남는 장사다. 결혼? 가능하면 동거부터 해라. 일단 살아보고 결정해도 늦지 않다. 그리고 일과 결혼 둘 중에 하나를 포기하지 않아도 좋다. 결혼이 결코 일의 지루함에서 당신을 구원하지는 못한다."

결혼은 누가 뭐라 해도 내가 직접 경험해보기 전에는 판단하기가 힘들다. 이 남자만은 다를 거라고 믿어 의심치 않고, 혹여 주변의 반대가 있으면 오히려 사랑의 결속을 더욱 단단하게 해주는 촉매제가 된다. 사랑한다는 것, 미친 듯 한 사람에게 빠질 수 있다는 건 축복이다. 마음껏 사랑하고 아파하고 누려보아도 좋다. 단지, 결혼이라는 결론에 이르기 전에 먼저 한번 살아보고 결정하라는 충고를 하고 싶다.

물론 동거에 대해 부모의 동의나 주변의 이해를 구하는 것이 한국 사회에서는 아직 어렵다. 현실적으로 어렵다면 동의는 구하지 않으면 된다. 부모와 함께 살지 않도록 형식을 갖춰서 집에서 독립하면 된다. 거짓말을 하는 게 마음에 걸린다면 '전체 설명의 2절을 생략했다'라고 생각하면 된다. '부모님으로부터 독립해서 살고 싶다'까지는 사실이니 실행에 옮기면 된다. 단지 '룸메이트가 남자다'라는 이야기만 생략되는 것이다. 그건 절대 거짓말이 아니다. 단지 사실의 일정 부분을 생략하는 것뿐이다.

주변 사람들의 동의, 그것은 신경을 써야 한다. 자신의 이미지 관리는 해야 하니까 말이다. 아직은 동거가 사회적 통념으로 받아들여지지 않는데 굳이 사회의 편견과 맞서 싸우며 에너지를 낭비할 필요가 없다. 가능하면 주변 사람들에게 알리지 마라. 모든 걸 다 말해도 좋은 직장 동료, 선·후배, 그런 건 없다. 무릇 남 이야기는 한 바퀴만 돌고 나면 가공되고 흥미 넘치는 스토리로 변하기 마련이다. 동거 사실은 가능한 한 주변 사람들에게 숨겨라. 이건 비겁한 게 아니라 지혜로운 것이다.

한 남자와 적어도 사계절이 바뀔 만큼 살아보고 결혼을 결정해도 늦지 않다. 남은 내 인생을 결정하는 것이니 절대 간단한 일이 아니지 않은가?

결혼의 낭만 그 이후를 생각해보자. 대한민국에서 삼십대 중반으로 결혼생활 3년을 넘긴 여자들은 보통 어떻게 지낼까? 드라마를 보면서 못다 이룬 첫사랑을 그리워하거나 주인공들의 예쁜 사랑 이야기에 대리 만족을 느끼며, 매력적인 외모로 달콤한 대사를 말하는 남자 주인공을 바라보며 환상의 자위로 만족하며 살고 있다. 나를 포함한 주변의 많은 이들이 그렇다.

생을 결정 짓는 순간들이 분명 있다. 살다 보면 우연한 발걸음에 의해 전혀 다른 길을 가게 되기도 하고 순간의 감정으로 한 결정 때문에 또 다른 모습이 되기도 한다. 나는 내 생의 중요한 결정들을 이성적인 상태에서 이끌어내진 않았던 것 같다. 대부분 순간의 느낌으로 결론에 이른 경우가 많았는데 그중에서도 '순간의 진실'이 가장 심란한 결론으로 찾아오는 게 결혼이다.

이성적으로 동거의 필요성을 인지하고 있었으면서도 나는 동거를 실천해보지 못했다. 이성적으로 아는 것과 실천의 용기를 가진다는 것은 별도의 문제였고 나 역시도 한국 사회의 도덕 교육으로부터 자유롭지 못했다. '남들이 뭐라고 생각할까? 부모의 반대는 어떻게 하지?' 이런 것들이 현실로 닥치자 용기가 생기지 않았다. 그리고 결혼을 하고 나서야 비로소 깨달았다. 아! 동거는 이상이 아니라 현실적으로 반드시 필요한 과정이었던 것이다.

친한 여자 후배 중에 지금은 일본에서 살고 있는 친구가 있다. 그 친구는 대한민국 여성의 틀을 쿨하게 무너뜨렸다. 한국에서 태어나 초 · 중 · 고 · 대학을 나왔고 유학이라곤 가본 적 없이 보수적인 성향의 회사에 취직한 친구였다. 나름대로 엘리트 코스라고 할 수 있는 과정을 밟아 나가던 그 친구가 어느 날 남자 친구와의 동거를 결행했을 때 난 적잖이 놀랐다. "나는 말로만 떠들었는데 넌 실천을 하는구나. 그것도 네 살 연하의 남자 친구와. 좋겠다. 영계라서"라고 말하며 그 실험이 성공할까 여부를 걱정 반 호기심 반으로 지켜봤다.

동거한다고 선포한 지 2년쯤 지나서였다. 오랜만에 만난 저녁 식사 자리에서 그 친구의 첫마디가 "언니 나 어제부터 유부녀야"였다. 어리둥절해하는 내게 "어제 구청 가서 혼인신고했어"라고 아무렇지도 않게 이야기하는 후배가 얼마나 근사해 보였던지. 그녀는 분명 유부녀의 생활도 잘해낼 것이다. 동거를 2년이나 했다는 건 그만큼 그 결혼에 심사숙고했다는 뜻이고 복잡한 결혼식 절차를 생략하고 혼인신고를 할 수 있었다는 건 그만큼 형식에 구애받지 않고 둘만의 삶을 살겠다는 자신감이었다.

외로워서 결혼하고 싶은가? 결혼해도 외롭다. 그리고 다시 한번 말하지만 결혼해서 외로우면 싱글인 채 외로운 것보다 훨씬 심란하다.

여성스러움의 강박에서
벗어나라

가끔 '여성답게 성공한다'와 '꽃 마케팅'이 혼란스러울 때가 있다. 친절을 가장하거나 부드러움을 가장한 여성, 그 특유의 '친화력'이란 단어 뒤에 숨어 있는 '꽃 마케팅'의 본질을 나는 어쩌면 보지 못했거나 모른 척하고 싶었는지도 모른다. 스물아홉부터 서른아홉까지 제스프리에서의 10년. 젊지도 늙지도 않았던 내 삶의 한때를 제스프리 키위의 성공을 위해 보내면서 어쩌면 나는 '꽃 마케팅'을 하지는 않았는지 자문해본다. 많은 사람들 특히 남성들 속에서 일을 하며 상대의 호의를 이끌어내기 위해 내가 가진 여성성이라는 것을 내밀히 사용하지는 않았을까?

서슬 퍼렇게 여성평등의 신념을 가지고 있던 거손 시절의 회식 때 이야기다. 얼큰하게 술이 취한 국장님이 가라오케에서 "우리 신입사원 블루스 한 번 추자"고 하셨다. 그때 나의 대답은 "제가 국장님과 블루스 추려고 여기 입사한 건 아닌데요"였다. 그래도 성이 차지 않던 나는 "저 여기에 공채로 입사했고 지금 국장님과 블루스 안춘다고 해서 잘릴 것 같지도 않습니다"라고 말했다. 일순간 술자리는 조용해졌고 나보다 직장생활을 먼저 시작한 여자 선배가 "국장님 저랑 춰요"라고 나서며 분위기를 수습했다.

그때 난 그 선배를 보고 '뭐가 무서워서 저렇게 타협하고 싶을까' 라고 생각했다. 그런 건 올바르지 않다고 믿었다. 여성이 이런 취급이나 받는 게 저녁 회식인가 싶어서 나름 분노했다. 그때의 내 분노는 지금도 정당했다고 믿는다.

직장생활 16년 차. 이젠 함께 블루스 추자고 하는 남자도 없을뿐더러 어느새 내가 있는 술자리를 영 불편해하는 직원들 속에 내가 있다. 제스프리의 회식에서 그런 생각을 했다. 저 친구도 내가 한 곡 추자고 하면 예전의 나처럼 서슬 퍼렇게 "사장님과 춤이나 추려고 입사한 게 아닙니다"라고 할까? 그때 그 국장은 얼마나 민망했을까? 용기 있다는 게 꼭 현명한 건 아니라는 걸 시간이 흐른 후에야 알게 되었다.

남성 위주의 사회에서 생활하며 "춤이나 한 곡 추자" "커피 한 잔타오지" 식의 직접적인 갈등은 파악하기 쉽고 호불호를 결정하기도 쉽다. 문제는 다른 곳에 있었다. 일상에서 비롯되어 경계가 애매모호한 '꽃 마케팅'이 그것이다. 결국 일은 사람이 하는 것이니 타인이 나에게 호감을 가질수록 당연히 일도 조금 더 쉬워진다. 때문에 우리는 타인의 호감을 얻기 원하고 자연스럽게 내가 가진 여성성을 내보이기 마련이다. 문제는 그 한계를 어디에 둘 것인가인데, 이게 참으로 어렵다. 내가 가진 여성성을 이용한다는 것과 여성스럽게 리드해나간다는 것은 엄연한 차이가 있다. 우리는 이것을 막연히 알고 있으면서도 모르는 척 넘어가고 싶어한다.

나는 타인들이 나에게 베풀어주는 호의를 즐겼고 그만큼 나 역시 타인들에게 친절하다고 생각했다. 그런데 어느 순간 '혹시 내가 나의 진정성이 아닌 얄팍한 '꽃 마케팅'에 머무는 게 아닌가?' 하는 의문이 들었다. 내가 비판해 마지않던 제스프리의 전직 대만 지사장인 데니스와 내 자신이 다를 바 없다는 생각에 혼란스러웠다.

오랫동안 공석이었던 대만 매니저 자리에 새로운 인물이 선임되었다는 소식이 들려왔다. 전직 미스 대만 출신이라는 설명과 더불어 새 대만 매니저를 나에게 소개하면서 아시아 사장은 '여성스럽고 소프트하고 모든 면에서 한국 지사장인 당신과 대비되는 새로운 여성 지사장'이라는 친절한 부연 설명을 덧붙였다. '여자의 적이 여자여서는 안 되지. 이 기회에 우리가 합심해서 제스프리 아시아의 기업 문화를 조금 더 여성스럽게 만들어보자'라고 생각했다. 물론 마음 한편으로는 '예쁘고 날씬하겠군. 그야말로 미모의 재원인가'라는 질투심도 약간은 있었지만 어쨌든 그녀와의 만남을 기대했다.

그리고 대만에서 열렸던 아시아 지역의 컨퍼런스. 결론부터 말하자면 나는 전직 미스 대만에게 실망했다. 처음 만난 자리에서 그녀는 나의 옷차림과 헤어스타일에 대한 조언을 아끼지 않았다. '대만과 한국, 양국의 매니저로 소개받은 자리에서 이런 대화가 어울리기나 하는 걸까?'라는 불쾌한 생각이 들었지만 그러려니 했다. 그리고 이어진 저녁 식사. 대만에서 열린 컨퍼런스인지라 대만의 관련 업계 분들까지 참석하는 공식 만찬에 전직 미스 대만께서는 체중 감량을 이유로 불참하는 게 아닌가? 기름기 많은 중식은 다이어트에 나쁘다나. 어이가 없었다. 호스트 국가의 매니저가 불참하다니. 그렇게 체중이 문제가 되면(내가 보기에 그녀의 체중은 한참 미달인 것 같았지만) 그저 테이블에 앉아만 있어도 되지 않은가? 제스프리가 언제부터 체중이 늘어나면 여직원을 해고한다는 싱가포르 에어라인이 되었나 싶었다. 이건 예의가 아니라고 투덜거렸지만 그래도 그날은 그렇게 넘어갔다.

문제는 다음날 아침, 각 나라의 마케팅 프로그램을 설명하는 회의가 있었다. 우선 언뜻 보기에도 여러 에이전시에서 받은 제안서를 적당히 조합한 것 같은 그녀의 프레젠테이션 자료에 실망하지 않을 수 없었다. 거기에다 설명하는 매니저가 자신의 프레젠테이션 내용을 충분히 숙지하지도 못하고 있었다. 지금 생각해보면 나 또한 너무 심했다고 반성되는 부분이 있을 만큼 나는 그런 상황을 참을 수 없었다. 나의 다혈질 기질이 발동한 것이다. 나는 그녀가 제안하는 마케팅 프로그램들에 대해 조목조목 설명을 요구했고 나의 질문들은 그녀의 인내를 초월한 것들이었다. 이후 그녀는 모욕을 느낀다며 불편한 심사를 내비쳤는데 그것은 결코 개인적인 모욕이 아니었다.

사람들 앞에서 자신의 기획을 프레젠테이션한다면 그것은 자신이 쓴 것이어야 한다. 그렇지 않다면 적어도 그 내용에 대해서 충분히 숙지하고 있어야 한다는 것이 나의 신념이다. 매니저라는 직함이 단지 남이 만든 기획안을 결제만 하는 자리는 아니지 않은가? 나의 실수가 있었다면 나의 신념을 남에게까지 강요했다는 점일 것이다.

제스프리 타이완 입장에서는 전직 미스 대만이 지사장이 되었다는 사실이 홍보하기에 좋았을 것이다. 그리고 그런 홍보 효과를 유발하기 위해서 쏟아지는 인터뷰에 응하려면 그녀는 늘씬한 몸매와 매력적인 외모를 유지해야만 했을 것이다. 그녀의 화려한 외모와 전직 '미스 대만'이라는 타이틀 그리고 현직 제스프리 대만 지사장이란 직함 덕분에 그녀는 인터뷰를 하기에 매력적인 인물이었고, 그녀는 많은 인터뷰들을 훌륭하게 치러내며 대만 내에서 제스프리의 브랜드 인지도를 높이는 데 기여했다. 거의 모든 대만의 여성지나 TV에서 미모의 이 여사장에 대한 이야기를 다루었다. 그러나 그런 치장들이 결코 긴 세월을 버텨주지는 못했다. 데니스는 결국 3년 만에 제스프리를 떠났다.

남자들의 입장에서 보면 외모가 썩 나쁘지 않은 여자가 함께 술도 마실 수 있으며 일 이야기까지 나눌 수 있다면 어찌 좋지 않겠는가. 기자들을 상대하는 홍보 회사의 경우 여성 인력이 80%를 상회한다는 사실은 아마도 좋게 해석하면 여성 특유의 섬세한 업무 능력 때문일 것이고 거칠게 표현하면 여성성을 이용한 '꽃 마케팅' 기능이 있기 때문이 아닐까. 또한 광고대행사에서도 여성 기획자들이 남성들보다 남성 클라이언트 관리를 잘하는 것 역시 이와 무관하지 않을 것이다. 내가 가진 무언가가 경쟁력이 된다면 나쁠 것 없다. 친절이건 섬세함이건 여성성을 지혜롭게 활용할 수 있다면 그것 또한 그리 나쁠 것은 없다.

헬렌 브라운은 그녀의 책에서 '사무실 내에서 남녀 사이에서 감도는 성적 긴장감이 일을 이끌어나가는 하나의 요소'라고 주장한다. 상대의 마음에 들고 싶어하는 노력이 생산적일 수 있다는 것이다. 좋아하는 선생님의 과목을 열심히 공부했던 십대의 감성으로 보면 맞는 말이다. 헬렌은 '여성다움을 훼손시키는 것은 성공이 아니라 실패며 비굴함이다'라고 이야기한다. 또한 그녀는 미국의 '아동 TV 워크숍' 대표 조운 갠즈 쿠니의 말을 인용해 이렇게 말했다. "나는 젊은 여성에게 강한 어머니에 대해 생각해보라고 권해요. 남자의 인생에서 가장 중요한 배움의 시기에 어머니는 가장 강력한 권위를 행사하지요. 그렇다고 남자가 자기 어머니를 남자 같다고 생각하던가요? 많은 남자 사원이 나하고 상담을 할 때 울기도 해요. 그러나 남자 상사하고는 그렇게 쉽게 감정의 장벽을 무너뜨릴 수는 없죠."

과연 그럴까? 그렇다면 남자가 자기 어머니를 여자로 인지해야 맞나? 남자에게 어머니는 무성에 가까운 게 아닌가? 물론 엘렉트라 콤플렉스를 배제한 상황일 때 말이다. 그리고 무엇보다 나는 남성 직원이 나를 자신의 어머니상으로 인식한다는 건 정말 끔찍할 것 같다. 웬 엄마? 그렇지 않아도 마마보이 남자들이 늘어가는 상황에서 직장에서까지 엄마가 있어야 하는 건 상상만으로도 기괴하다.

헬렌의 말처럼 이성의 성적 긴장감을 잘 활용할 수 있다면 좋겠지만 그것은 어디까지나 업무를 수행하는 작은 팁 중에 하나여야 한다. '꽃 마케팅'만으로 사십대가 넘어서까지 근사한 직장 여성으로 남는 건 불가능하다. 서른아홉이 되면서 내가 느끼게 된 것은 '아직도 누군가에게 매력 있고 함께 일해보고 싶은 사람으로 비쳐질 수 있다면 그건 내가 이십대에 발산했던 매력과는 거리가 있는 것'이라는 점이다.

'꽃 마케팅'의 폐해는 결국 여성들에게 외모에 대한 강박관념으로 이어져 일과 외모의 중요성을 함께 놓고 생각하게 되고 결국 나를 바라볼 시간을 없게 만든다는 것이다. 무려 30년간 〈코스모폴리탄〉의 편집장이었고 1995년부터 매해 미국에서 가장 영향력 있는 여성으로 뽑히고 있는 헬렌 브라운은 매일 두 번 45분씩 꾸준히 운동으로 몸매를 가꾼다고 한다. 그녀에게는 외모도 일만큼 중요하기 때문이다. 어느새 우리 사회에 '여성스럽게 성공한다'는 신화가 스며들었는지도 모르겠다. 그런데 나는 이 '여성스럽게'라는 것이 마치 '여성으로서 여전히 성적 매력을 가꾸기, 그리고 그것을 일에 지혜(?)롭게 활용하기'가 되어버린 건 아닐까 하는 생각이 든다.

굳이 청담동까지 들먹이지 않아도 요즘 일하는 후배들을 보면 특히 광고나 홍보, 마케팅 쪽의 여자 후배들은 이 친구가 모델인지 직원인지 헷갈릴 만큼 근사한 외모로 가꾸고 있는 이들이 많다. 타고 난 미모야 감사할 노릇이지만 몸매를 가꾸는 노력만큼 그 내면도 가꾸고 있을까가 궁금하다. 오래도록 직장생활을 할 수 있는 비결은 이십대의 빛나는 아름다움보다 세월이 갈수록 빛이 나는 자신의 치열함을 가꾸는 것이다. 여자는 모름지기 예뻐야 한다는 점과 외면을 가꾸는 것도 부지런함의 반증이라는 것에 반대할 의사는 없다. 다만, 그 애정의 반이라도 쏟아 나의 내면도 가꿔주자.

예전에 농담처럼 '일 잘하고 못난 외모의 여자와 일은 못해도 몸매 착하고 얼굴 예쁜 여자 중에 누가 더 사회생활을 잘할까?' 라는 이야기들을 했었다. 물론 답은 후자였다. 그러나 그 답에서 빠진 것은 '삼십대까지' 라는 설정이었다. 잡지가 아닌 제대로 된 책을 읽은 게 언제가 마지막이었나? 나의 진정한 경쟁력이 무엇인지 고민해볼 일이다.

술 잘 마시는 여자가
쿨하다는 것은 낭설이다

남자들과 함께하는 술자리에서는 으레 음담패설들이 오간다. 도대체 어느 수준까지 야한 농담을 맞춰줘야 센스 있는 커리어우먼일까? 처음에는 어색하기도 했지만 어느새 들어주는 수준을 넘어서서 내가 주제를 리드하며 오버하는 모습에 스스로 당황할 때가 종종 있다.

남자 바이어들과 함께 뉴질랜드에 출장을 갔던 때였다. 회사를 방문하고 저녁을 먹고 각자의 방으로 헤어진 후 내일 일정을 알려주는 것을 깜박했다는 것을 알았다. 서둘러 연락을 해보니 아무도 방에 없었다. 다들 어디에 간 건지 함께 있던 뉴질랜드 직원에게 물어보니 모두들 'Riding White Horse' 하러 간다며 나갔단다. 그 뉴질랜드 남자는 일흔에 가까운 할아버지였는데 한국 남자들의 말뜻을 이해했다는 듯 웃었다. '이걸 도대체 이해하는 척해야 하나?' '웃어 넘겨야 하나 정색을 해야 하나?' 판단이 서질 않았다. 다음날 나는 아무 말도 꺼내지 않았다. 나로선 답이 없는 문제였고 그저 모른 척하는 게 최선일 듯싶었다.

사회생활을 하다 보면 특히 술자리는 온전히 남자들의 문화다. 문제는 이런 문화에 질려하다가도 나도 모르게 익숙해져서 점점 남성처럼 행동하는 나를 발견한다는 것이다. 이차 삼차에 가서 안주를 챙겨주거나 술잔을 채워주는 여성들의 서비스를 편하게 받으며 '이건 아닌데' 하다가도 또 한편으로는 이런 생각들이 있었다. '이런 자리에서 어색한 티를 내지 않아야 근사해 보이지 않을까?' '내가 싫은 티를 내면 다시는 이런 자리에 끼워주지 않겠지?' 처음에는 그런 조바심 속에서 어색해하는 내 모습이 동행한 남자들에게 촌스러워 보일까봐 오히려 여유로운 척 익숙한 척 행동했다. 그런데 그런 자리들이 한 번, 두 번 이어지며 어느새 그런 술자리에 무감각해진 것이다.

'여성으로 성공한다는 것과 남성성을 가진다는 것은 다른 것일진데'라는 나름의 고민도 있었다. 술을 마시다 보면 꼭 이차 삼차까지 같이 가자고 조르는 남자들이 있다. 자신들의 그런 행동이 나름대로 '쿨'하다고 느끼는 건지 아니면 여자가 나오는 술집에서 자신들이 도덕적으로 비난받을 만한 일을 하지 않는다는 것을 증명하고 싶은 건지 아무튼 마지막까지 동석하자고 고집하는 이들이 있는데 그럴 때 나의 원칙은 '중요한 비즈니스라면 따라 간다. 단, 양주 한

병이 끝날 때쯤 일어선다'였다. 그때쯤이면 사람들이 그리 취하지도 않았고 또 두 병째가 시작되면서 본격적으로 취하면 내가 나가는 걸 서로 말리지도 않으니 말이다.

그런데 잘한 생각일까? 그때는 답을 몰랐었다. 지금 생각해보면 절대 아니다. 남자들의 술자리에 끝까지 따라 가는 것은 직업의식과 아무런 상관이 없다. 남자들의 야한 농담을 알아듣는 척하며 농담을 주고받는 것 역시 비즈니스와 아무런 상관이 없다. 나와 함께 웃고 떠들었던 남자들이 다음날 아침에 내가 '쿨' 했다고 생각했을까? 아니었을 것이다. 야한 농담을 아는 척하지 마라. 특히 사회 초년병이라면 더더욱. 비즈니스우먼이 야한 농담에 유연하지 않아도 된다. 그 자리에서 분위기 못 맞춘다고 생각할지라도 적어도 돌아서서 당신을 쉽게 보지는 않는다.

제스프리 입사 후 공식적인 첫 일본 출장에서였다. 얼렁뚱땅 입사 계약을 하러 갔던 이후 다시 찾은 일본. 금요일 저녁 미팅 이후부터 각자의 자유 시간이었다. 다음날인 토요일 오후에는 제스프리 아시아팀 미팅 및 단합회 차원의 프로그램들이 있었고 이 일정에 맞춰 제스프리 회장 이하 이사들이 일본에 도착했다. 문제는 금요일 밤이었다. 공식 회식이 없는 터라 나는 거의 10년 만에 호주에서 함께 공부했던 당시 일본 호주대사관에 근무하던 동창 브래드 스튜어트를 만나기로 했다. 나와는 뜻이 잘 통했던 이 친구는 동갑이고 같은 기숙사에서 한 학년을 보내면서 서로 속 깊은 이야기를 많이 나누곤 했었다. 금발에 파란 눈이 매력적인 외교관이었던 그 친구를 졸업 이후 만날 기회가 많지 않았기 때문에 나는 오랜만의 만남에 흥분해 있었다.

그래서였을까? 롯폰기에서 시작한 우리의 술집 순례는 일차 이차 삼차를 거쳐 거하게 진행되었고 학창 시절 내가 얼마나 예민하고 까다로운 성격의 아이였는지에 대한 추억담들이 쏟아져 나왔다. 나는 이상한 인종차별주의자인지 서양 친구들이 '사랑한다' '좋아한다' '보고 싶을 거다'라고 말해도 진심이 아니라는 선입견을 갖고 있었다. 졸업하고 한국으로 돌아올 때 브래드가 공항에 나왔었다. "너는 내 친구야. 네가 많이 그리울 거야"라는 그의 말에 나는 "너는 비행기가 한국에 도착하기 전에 이미 내 기억에서 가물가물거릴 거야. 난 서양인들이 말하는 우정 같은 거 별로 신뢰하지 않아"라고 답했다. 지금 생각해도 싸가지 없는 대답이었다.

브래드는 서양인에게도 우정이 존재한다는 걸 증명하려는 의무감에서였는지 나에게 꾸준히 편지를 했고 공부를 더 할 생각이 없냐며 자신이 다니던 대학원의 석사 과정 코스 안내물을 보내주기도 했다. 그리고 드디어 일본에서의 재회. 유학 시절과 달리 우리는 여유로워져 있었고 둘 다 직장을 다니니 술값 걱정도 없었다. 우린 서로 기분 좋게 취해갔다. 그런데 문제는 꼭 마지막 한 잔이다. 호텔까지 바래다준 그와 난 "딱 한 잔만 더"를 외쳤고 그래서 그 호텔에 하나밖에 없던 바에서 한 잔씩 더하고 헤어지기로 했다.

불행히도 그 호텔에 하나밖에 없던 바에는 이미 제스프리 회장 이하 이사진 그리고 아시아 사장까지 함께 조용한 술자리를 하고 있었다. 그들은 새로 입사한 내게 함께 자리하자고 권했고 이미 취해 있던 나는 회장이건 이사건 상관없이 "원샷"을 외쳐대며 지독히 한국적으로 술을 강요하며 더욱 빠른 속도로 마셔댔다. 술 한 잔을 앞에 두고서 몇 시간이라도 이야기할 수 있는 사람들에게 그 심야에 원샷이라니. 그들이 어떤 충격을 받았을 거라는 생각 따윈 안중에도 없었다.

다음날은 물론 악몽이었다. 회장 이하 이사들은 나를 신기한 동물 보듯 했고 이런 친구에게 도대체 한국 시장을 맡겨도 되는지 나를 뽑았던 아시아 사장에게 의문의 눈초리를 보냈다. 그러나 그것을 자각하기에 난 너무 속이 울렁거렸고 내 최대 목표는 이 회의에서 토하지 않고 버티기였다. 그날의 내 행적은 두고두고 뉴질랜드까지 회자되어서 난 졸지에 본사에서 요주의 인물로 주목받게 되었다. 문제는 이 술자리 이야기 덕분에 나를 알지 못하는 본사 직원들에게까지 나에 대한 선입견을 심어주었다는 점이었다. 나중에 그 자리에 대해 웃으며 회장과 다시 얘기할 수 있기까지는 2년이라는 시간이 걸렸고 그들의 선입견을 깨뜨리기에는 어쩌면 더 많은 시간이 걸렸으리라.

술은 적당히 자제할 수만 있다면 참 좋은 친구가 될 수 있다고 믿는다. 비즈니스 술자리는 그래서 더욱 어렵다. '어제는 왜 그랬을까? 마지막 자리는 가지 말아야 했었는데'를 반복하면서 내가 내린 결론은 하나다. "술 마시고 실수한 것에 대해 반성하지 말고, 술 마시고 실수해도 되는 사람들하고만 마시자. 어차피 고쳐지지 않는

병이라면 괜한 반성으로 나를 피곤하게 만들지 말자."

　가끔은 비즈니스에서 술자리도 중요하다. 그런 자리에 있어야 진짜 정보를 얻는 경우도 있다. 그러나 다년간의 숱한 실수를 바탕으로 내가 단언할 수 있는 건 '비즈니스 세계에서 오래 살아남으려면 술 먹고 취한 모습은 보이지 마라'이다. 여성은 더욱 곤란하다. 남녀평등 아니냐고? 아니다. 술 먹고 속 깊은 이야기를 해야 더욱 가까워지는 거 아니냐고? 인간 냄새도 풍기고? 아니다. 술 먹고 횡설수설하는 것보다 말을 안 하는 것이 좋다. 인간미? 술자리에서는 가끔 없어도 된다. 절대로 술 먹고 취한 모습, 완전히 긴장을 놓아버린 모습을 같이 일하는 사람들에게는 보이지 마라. 맘 편하게 술 먹고 싶으면 좋은 친구와 마시면 된다.

육아와 직장생활은
병행할 수 없다

2005년 여름, 제스프리 골드키위가 한국 시장에서 자리 잡고 난 후 SBS 뉴스와 인터뷰를 한 적이 있다. '맹렬 여성 사장의 하루'를 취재해서 아침 뉴스 시간에 내보냈다. 사실 오전 시간대 뉴스는 보통 집에 있는 주부들이 보는데, 과연 이런 뉴스가 주부 시청자들에게 달가울까 의심이 나기도 했지만 그래도 그렇게 한 번씩 뉴스에 제스프리 키위가 나가게 되면 확실히 판매에 도움이 되었다. 결국 한 회사의 사장에 대한 인터뷰도 그 회사 제품에 대한 홍보이니 나는 기꺼이 새벽부터 시작된 가락동 시장의 동행 취재에 응했다.

  그런데 질문 중 하나가 "여사장님이 육아도 하시면서 일도 하시고 대단한 거 같아요. 어떻게 둘을 병행하시죠?"였다. 그때 내 대답은 "전 육아는 안 해요"였다. 물론 질문자의 기대를 저버린 내 대답은 편집에서 잘려 방송에 나가지 못했다. 나는 직장생활을 열심히 한다는 이유로 제대로 육아를 해본 기억이 없다. 여섯 살이 된 아들을 키우는 데 보낸 시간보다 제스프리 골드키위를 한국 시장에 소개하고 키워내는 데 더 많은 시간을 들였음은 두말할 나위 없다. 그게 가능했던 건 돈의 힘이었다. 다행히 내가 아이를 낳은 것이 서른넷의 가을이었고 내 급여로 아이를 돌봐줄 입주 아주머니를 둘 형편이 되었다. 조선족이셨던 그분은 내 아들이 만 세 살을 넘기기까지 꼬박 3년을 우리집에 머물면서 내가 육아의 부담으로부터 벗어나는 데 엄청난 도움을 주셨다.

직장 경력 3~4년 차. 일에 대한 책임감도 늘고 대리 직함을 챙기려는 순간의 임신과 출산은 경력 관리를 난감하게 한다. "결혼을 할까? 아기를 낳으면 어떨까?"를 고민하던 이십대 후반의 나는 당시 일하는 엄마들의 책을 읽으며 지레 겁을 먹었다. 매일 아침 아이를 어린이집에 보내며 전쟁을 치르고 저녁에 허겁지겁 아이를 찾으러 가고. 그 와중에 일을 펑크 내지 않으려고 또 아이에게 미안해지지 않으려고 노력하는 눈물 겨운 투쟁을 하는 용감한 전사들의 스토리를 읽으며 난 그렇게 살아낼 자신이 없었다. 그때 결심했다. '나는 나중에 나의 급여가 남편이나 주변의 눈치를 보지 않고 아이 봐주는 아주머니에게 한 달 월급을 줄 수 있을 만큼이 되었을 때 아기를 낳겠다'라고 말이다. 그리고 서른넷의 가을에 아들을 낳았다. 덕분에 노산이긴 했지만 아기를 키우는 데 전쟁 같았던 기억은 없다.

적어도 일을 계속하려는 여성이라면, 그리고 친정이나 시댁에 부당한 노동 착취를 부탁하지 않으려면 출산은 신중해야 한다. 요즘은 시부모나 친정부모 중 어느 누구도 손자까지 키우는 것을 달가워하지 않는다. 그럼 누가 아이를 키울 것인가? 출산하는 순간부터 육아는 현실적인 노동력의 문제로 다가선다. 임신이 두 사람의 달콤한 사랑의 결실이라면 육아는 노동력의 문제다. 그리고 이 달콤한 사랑의 결실에 대해 절반의 책임이 있는 대한민국 남자들은 정작 육아에 대해서는 별 생각이 없다. 요즘의 젊은 세대들은 남편과 아빠 노릇에 더 성실해진 것 같기는 하다. 그러나 육아의 주체는 어디까지나 엄마라고 생각하는 것이 아직 우리의 현실이다. 남편이 기저귀 갈고 목욕시키는 것을 몇 번 도와준다고 해서 아내들이 가진 육아의 짐이 덜어지지는 않는다.

겪어보니 아이는 부모의 사랑과 더불어 돈을 먹고 큰다. 출산을 고민하는 후배 여성들에게 내 개인적 의견을 이야기하자면, 직장 생활 3~4년 차, 이십대 후반의 결혼과 출산은 여성들에게 많은 것을 요구한다. 상상보다 많은 희생이 필요하다. 그때 내가 후배들에게 하는 충고는 단 하나. "적어도 당신 연봉이 3천만 원을 넘지 않으면 출산은 신중해라"이다. 아이를 키우는 데 연봉의 반이 들어갈 것이고 나머지가 있어야 소위 품위 유지하면서 일을 해나갈 수 있을 테니까 말이다. 서른넷, 나이도 들 만큼 들었고 대한민국에서 고액 연봉을 받는다는 나였지만 막상 아이를 낳고 보니 정신적 물질적 스트레스가 만만치 않았다. 사회생활을 계속 유지하고 싶다면 출산 이전에 많은 것들을 신중히 고려해야 한다. 이렇게 말하고 나니 출산이 경력 관리의 엄청난 장애 요소 같아 보이지만, 사실이다.

선택은 언제나 자기의 몫이다. 살다가 어느 날 지금 함께 살지 않으면 죽을 것 같은 남자를 만나 사랑하고, 그러다가 이 남자를 꼭 닮은 아이를 낳고 싶어서 또는 피임의 실패로 어찌할 수 없이 출산을 하게 되고, 육아의 전쟁 속에서 직장생활을 계속해나가는 것도 하나의 선택이다. 단지, 아직 선택하지 않은 후배들이 있다면 좀더 생각해보자. 경력 관리란 어떤 것인지를 말이다.

프로의 남녀는 구별된다

아마 대학을 갓 졸업했거나 직장생활을 시작하고 얼마 되지 않았을 때쯤으로 기억된다. 당시에 삼성 계열의 광고대행사 제일기획의 카피라이터 최인아 씨가 쓴 『프로의 남녀는 구별되지 않는다』라는 책이 있었다. 한때 직장생활을 하는 또는 하려는 여성들이 꽤 많이 읽었던 책이었고 아마 영화로도 제작되었던 것으로 기억한다. 그 책의 결론은 '당신이 진정한 프로페셔널이 되어 일을 한다면 남녀의 구별 같은 건 없다'는 것이었다. 20대 중반, 그 책을 읽으며 '그래. 프로가 되는 거야. 그래서 여자도 남자와 똑같이 아니 더 일을 잘할 수 있다는 걸 보여주는 거야'라고 다짐하며 감동받곤 했던 것 같다. 그러나 지금, 서른아홉의 16년 차 직장인인 나의 결론은 '프로의 남녀는 구별된다'이다.

남자는 적어도 아직까지 사회라는 틀 안에서 여성보다 기득권층이다. 그래봐야 지구상에 인간이 여성 아니면 남성 두 종밖에 없지만 그래도 그중에서 우위에 있으니 남성을 기득권층이라고 규정하자. 이미 가진 남성들은 '프로의 남녀는 구별되지 않을 것'이란 명제를 생각조차 않는다. 그러기에 이들에게는 강박이 없다. 그렇기 때문에 남자들은 여자들보다 유연할 수 있다. '프로의식'이라는 강박은 여성에게 훨씬 강한 억압이다. 때문에 나를 비롯한 많은 여성들이 흔히 프로의식과 경직됨을 구별하지 못하는 실수를 범하곤 한다.

　여성이 남성과 반드시 동등한 대우를 받아야 한다고, 프로의 남녀가 되어야 한다고 굳게 믿던 시절이었다. 호주에서의 유학을 마치고 입사했던 광고대행사 거손에 첫 출근을 한 날이었다. 오늘 새내기가 들어왔다며 커피 한 잔 타달라는 이사님의 말씀에 나의 대답은 "왜요?"였다. 진실로 왜 내가 커피를 드려야 하는지 궁금했기 때문이다. 그때 나는 '왜 내가 이사님이라는 사람의 커피를 타야 할까?' '이게 내 업무의 일부일까?' 또는 '남자 신입사원에게는 시키지 않는 일을 왜 나에게는 시키지? 이건 성의 불평등이 아닐까?' 하는 생각들로 마음이 복잡했었다.

　이사님은 나의 당돌한 질문에 당황했고 우리 부서의 다른 이들은 나를 신기하다는 듯 쳐다보았다. '거손'이라는 광고회사의 자유로운 분위기와 그 이사님의 따스한 마음 때문에 나의 당돌함은 뒷말 없이 지나갔다. 다음날 아침 이사님이 커피메이커를 사왔고 우리 부서 내에서는 누구라도 원하는 사람이 직접 원두커피를 마시게 되었다. 따라서 커피 심부름도 자연스럽게 사라졌다.

하지만 지금 생각해보면 그 행동이 잘한 것이었을까? 요즈음 나는 이따금씩 20대 중반의 싱그러운 남자 친구들이 가져다주는 커피한 잔이 고맙다. 성차별도 무엇도 아닌 젊음의 상큼함이 커피한 잔에 담겨 내게 나눠지는 것 같아 기분이 좋다. 더군다나 그 상대가 이성이면 더욱 좋다. 무슨 작업을 해보겠다는 심사는 아니지만 '일단 좋잖아' 뭐 그런 생각이 드는 것도 사실이다. 카페에서도 기왕이면 잘생긴 남자 직원이 서비스해주는 게 기분이 좋은 것과 같은 이치 아닐까? 지금이라면 난 누구에게든 기분 좋게 커피 한 잔 대접할수 있을 것 같다. 결국 그건 마음을 나누는 게 아니었을까?

직장생활을 하는 동안 남자들이 여자보다 더 비겁하다는 생각을 하기도 했었다. 왜 바르지 못한 것을 '아니다'라고 말하지 못할까? 별달리 좋아 보이지도 않는 자리에 왜 그토록 연연해하는 걸까? 저건 너무 '프로'답지 못하다. 적어도 프로라면 자신의 일에 좀더 큰소리를 내야 하는 게 아닐까? 이런 생각들은 제스프리까지 이어져서 나는 누구보다도 큰 소리를 내며 자기 주장을 했고 이건 틀렸다고 말할 때마다 내가 프로페셔널하게 일 처리를 잘한다고 착각했었다. 외국계 회사에서 백인 남성들이 가지는 아시아 여성에 대한 막연한 환상, 즉 일본 드라마에서나 나올 법한 '순종적이고 부드럽고 여성스럽다'라는 착각을 깨야 한다고 생각했다. 그래서 내가 아시아 여자가 아닌 동료로 인식될 수 있게 그들보다 더 일을 잘하는 사람이라는 걸 보여줘야 한다는 강박에 사로잡혀 있었다.

내가 주문한 키위들이 기대한 물량대로 원했던 스케줄대로 선적되지 않으면 바로 전화기를 집어들었다. 그네들의 이유에 대해서 나는 관대하지 않았고 사실 그러고 싶은 마음도 없었다. 나는 한국에서 밤늦게까지 야근하면서 열심인데 칼퇴근하며 변명을 늘어놓는 그네들이 내겐 단지 프로의식이 결여되어 일에 대한 긴장감이라곤 없는 사람들로 보였다. 자연히 뉴질랜드에서는 한국 매니저는 '자기 것을 강하게 요구하고 그 요구가 관철되지 않으면 소리 높여 전화하는 사람'으로 인식되어갔다. 나는 그것이 '그 여자 당차고 일 잘하네'와 동의어인 줄 알았다.

그러나 그 시절 내가 놓치고 보지 못한 것은 '프로의 남녀가 구분되지 않는다'며 가졌던 나 자신의 강박이었다. 이제 나는 남자들에게서 가진 자의 여유를 본다. 왜 같은 일에 화를 내어도 남자들이 화를 내면 무섭고 여자들이 화를 내면 노처녀 히스테리이거나 결국 여자는 그릇이 작다는 소리를 듣는 걸까? '동등한 대우를 받고 싶다' 이런 강박이 없는 상대와 싸운다는 건 애초부터 질 수밖에 없는 싸움이 아닐까.

내가 동료들의 이야기에 대해 좀더 여유롭게 이해해주는 모습을 보인다고 해서 나의 프로페셔널리즘이 손상되는 것일까? 굳이 소리 높여 말하지 않아도 내 의사를 충분히 전달할 수 있지 않았을까? 내게 프로페셔널하다는 것이, 당당하다는 것이, '오만하고 경직되어 있다'는 것과 동의어이진 않았을까? 겉으로 강하게 보이는 것이 결국 강함이 아니라는, 중학교 시절부터 들어왔던 외유내강(外柔內

62

剛)이 그저 무의미한 고사성어가 아님을 그때는 알지 못했다.

　여유는 강함이다. 프로의식의 강박에서 벗어나야 한다. 우리는 남자들에게 일을 더 잘한다는 것을 증명해 보이는 것보다 '우리도 그들만큼 여유로울 수 있다'라는 것을 보여줘야 하는 것이다.

미안하다, 사랑한다 나를

드라마 속 여성 싱글들의 전형이 최근 변화하는 것 같다. 〈내 이름은 김삼순〉이나 〈여우야 뭐하니〉의 모습은 청승맞지 않고 씩씩한 노처녀의 새로운 상을 보여주었다고 한다. 그러나 드라마 속 싱글 여성들에게 아쉬운 모습이 하나 있으니, 그네들이 사랑하는 방식이다. 회사 내의 악녀 같은 싱글 커리어우먼이든, 마음은 여린 푼수에 쉽게 상처받으며 주변 사람들에게 따스한 캔디 같은 싱글(또는 돌아온 싱글)이든 말이다. 어느새 내 주변에는 잘나가는 노처녀들이 많아졌다. 남자들은 하나 둘 유부남의 코스를 밟아가는데 여자들은, 그것도 몹시 경쟁력 있는 여자들까지도 우아한 싱글을 유지하고 있다. 왜? 언제부터 주변에 싱글 여자들이 늘어나기 시작한 걸까?

일하는 싱글들이 결혼하지 못한 이유는 주로 두 가지다. 첫째는 눈을 씻고 봐도 주변에 괜찮은 남자가 없다는 것이고 둘째는 시간이 없다는 거다. 우선 주변에서 괜찮은 남자를 찾기 힘들다는 말, 그건 맞는 말이다. 주변에 괜찮은 남자, 그것도 아직 싱글인 남자는 많지 않다. 여자는 사회생활을 하다 보면 남자에 대한 환상이 점점 없어진다. 대부분 군대를 다녀온 한국의 남자들은 여자보다 사회 진출이 늦고 그러다 보니 내가 먼저 거쳐온 단계들을 이제서야 허겁지겁 밟고 있다. 이러니 남자가 작아 보이기도 하고 별다른 존경심이 생기지도 않는다. 그럼에도 불구하고 우리의 인생이 풍요로워지려면 어떤 자기 개발보다 사랑을 해야 한다. 결혼을 하건 하지 않건 그건 선택이다. 그러나 우아한 싱글로 남고 싶으면 애인은 있어야 한다. 물론 유부남 애인 말고. 그리고 연애할 시간이 없다는 것. 그건 말도 안 된다. 남자가 생기면 시간은 자연히 생기기 마련이다.

어떡하면 근사한 연애를 할 수 있을까? 어떻게 하면 사랑에 목숨을 걸어도 구차하게 보이지 않을까? 왜 남자가 사랑에 목숨 거는 건 멋있고 여자가 하는 건 섬뜩하게 보이나? 지난 세월 무수한 실연을 거치며 생각한 건 이렇다.

우선 '상대가 내 문제를 모두 해결해줄 수 있다'고 착각하지 말자. 눈을 낮추자는 말과 일맥상통할 수 있다. 서로가 감당하기 힘든 기대는 관계를 위태롭게 할 수도 있다. 상대의 소소한 실수는 모르는 척 넘어가줘야 한다. 왜 우리는 독립적 인생을 꿈꾸면서 또 한편으론 남자가 나보다 나아야 하고 더 똑똑하고 더 높은 지위여야 한다고 막연히 생각하는 것일까? 백마 타고 오는 왕자를 기다리지 말자. 그런 건 없다. 혹여 백마 탄 그 누군가가 나타난다고 해도 나를 구해주지는 않는다. 그렇다고 해서 그 꿈을 접을 필요도 없다. 정히 백마 탄 왕자를 기다리고 싶거든 백마 탄 누군가가 나타났을 때 나란히 백마를 탈 수 있게 승마 연습이라도 하고 있자.

나는 남자를 만나고 헤어지는 과정에서 과도하게 상대에게 많은 기대를 했다. 지루한 일상과 끝없이 반복되는 업무 속에서 연애는 탈출구처럼 느껴졌고, 누군가가 내 고민들을 다 들어주고 이해해주길 기대했다. 내 모든 어리광을 받아주고 세상 사람들에게 의연하게 보이기 위한 포장에 지쳐 있는 나를 보듬어주기를 바랐다. 그도 한 사람의 인간일 뿐인데 마치 마술의 손으로 모든 문제를 해결해주리라고 생각했다. 그러나 남자들도 여자에게 같은 환상을 가지고 있다. 그들도 지치고 힘들면 여자에게 기대고 싶어한다.

나는 먼저 베풀기보다 내가 먼저 받기를 기대했다. 그러면서 연애는 항상 어긋났다. '아니 겨우 이 정도도 못 받아주나?' '남자가 이렇게 속이 좁아?' '하늘의 별도 따줄 것처럼 말할 때는 언제고 벌써 잡은 고기 취급해?' 그런 회의 속에 내가 보지 못한 것은 '그럼 나는 뭘 했나?'다. 현대를 살아가는 대한민국 남자들은 피곤하다. 그리고 속 좁다. 적어도 내 경험으로는 남자들 속이 여자보다 더 좁다. 그리고 남자는 잡았다고 생각되는 고기에 최선을 다하지 않는다. 그러니 더이상 '가슴이 넓고 따스한, 그래서 그 속에서 편히 쉴 수 있는 그런 남자'를 꿈꾸어서는 안 된다. 오히려 내가 사랑하는 남자에게 여유로움과 사랑과 삶의 진지함을 나눠줄 수 있는 여자이기를 꿈꾸자. 그게 훨씬 당당하고 근사하다.

그리고 남자에게 감동할 준비를 하자. 일찍 직장생활에 눈을 떴고 이미 좋은 레스토랑과 값비싼 장소들에 많이 가본 나는 남자와 데이트를 할 때 그가 예약한 근사한 곳에서 적절한 감탄을 터트릴 줄 몰랐다. 내가 작은 것들에 감사하지 못하고 무심히 구는 것이 상대를 실망시킬 수도 있는 것이다. 사소한 것들에 감동해주자. 남자는 우리 생각보다 훨씬 단순하다. 자신들에게 감동하고 자신들을 존경하는 여자를 좋아한다. 과정의 작은 순간들에 감동할 준비를 하자. 누군가를 만나고 서로의 호감을 발견하고, 내가 너를 생각하는 마음이 네가 나를 생각하는 마음보다 큰 것 같아 시시각각 속상해하고, 그 사람은 나를 어떻게 생각할까 궁금해하기도 하고, 나중에 상처만 남으면 어쩌나 싶어 온갖 청승맞은 궁리도 해보고, 혹시 이제 상대가 정신을 차려서 내 실체가 보이기 시작한 건 아닐까 싶어서 온갖 시나리오를 쓰는 그런 모든 시간들을 온전히 사랑하자. 가슴 두근거림, 초조함과 속상함, 때론 쓸쓸함마저 내가 살아 있는 걸 느끼게 해준다. 남자들의 작은 정성에도 작은 말 한마디에도 감동하고 그 순간의 감성들을 내 것으로 누릴 줄 알자. 그러면 생이 얼마나 더 풍요로워지겠는가?

그리고 또 중요한 것은 '버림받을 것을 두려워 말자'이다. 강한 척하는 여성일수록, 똑 부러지게 일 처리 잘하는 사람일수록, 오히려 연애에 있어서는 나약할 수 있다. 나도 그런 부류다. 나는 버림

받는 것에 대한 두려움이 있었다. 혹시 상대가 나를 떠날까, 나에게 실망할까에 대해 과도하게 신경을 쓰고 화내고 토라지곤 했다. 내 마음을 들여다보기보다 상대는 나를 어떻게 생각할까, 그가 나를 나만큼 사랑할까가 더 중요했다. 누군가와 사랑하고 싶은가? 그렇다면 아픔을 두려워해서는 안 된다. 세상에 공짜는 없다. 사랑에는 달콤함만큼 아픔도 당연히 따르기 마련이다.

버림받을 수도 있다는 두려움을 가진 여자는 항상 자기가 먼저 헤어지자는 말을 꺼낸다. 후배들의 연애 상담에서도 '내가 차이기 전에 차버렸다'는 이야기를 자주 듣게 된다. 나도 그게 잘하는 거라고 생각했던 시간들이 있었다. 상대가 내게 충실하지 않다고 느껴지면 상대에게 버림받기 전에 서둘러 내가 헤어지자고 말하겠다는 얄팍한 계산. 상대에게 상처받는 게 두려워서 내가 나 자신에게 상처를 내고 있음을 깨닫지 못한 것이다. 롤러코스터 같던 감정의 기복들을 다 겪고 나서야 나는 그것이 우둔한 것임을 깨달았다. 내 마음에 충실했다면 상대방의 마음이 혹여 나만의 착각인 걸 알았다고 해도 그리 부끄러울 일이 아니다. 그걸 나는 마흔을 코앞에 두고서야 알았다. 내 마음에 확신이 있었다면 '헤어지자'는 말을 자주 할 필요가 없다. 앞선 두려움과 그로 인한 감정의 자가 발전, 거기에 이어지는 자기 연민 외에는 어쩌면 아무 문제가 없을지도 모른다.

대한민국의 이혼율을 낮추기 위해 이 땅의 점쟁이들이 연대 동맹을 맺었나 보다. 내 주변의 유부녀들은 점을 볼 때마다 연애하라는 점괘가 나온다고 한다. 점쟁이들이 트렌디한 걸까? 시대가 변한 걸까? 유부녀 유부남의 우아한 울타리는 그대로 둔 채 너도나도 애인이 있는 게 유행인 시대가 된 것 같다. 모든 대중매체에서 불륜을 다루거나 조장한다. 하긴 불륜이라는 정의 자체가 인간의 감정을 서류 한 장으로 규정한다는 관점에서 보면 말도 안 되는 것일 수도 있다. 그런데 궁금한 건 요즈음 유행하는 이 연애가 진정 사랑과 동의어일까 하는 점이다.

누군가와 사랑하고 싶은가? 그러면 나를 먼저 사랑해야 한다. 내가 사랑하지 않는 나를 다른 누가 사랑해주기를 기대해서는 안 된다. 내가 나를 존귀하게 여기고 내가 나를 사랑할 때 우리는 누군가를 사랑할 수 있다. 유학을 떠나기 전에 만나던 내 첫사랑은 내가 유학 중에 다른 사람을 만나게 될지도 모른다는 생각에 몹시 힘들어했다. 그러면서 농담 삼아 "너 바람 피우지 마. 고무신 거꾸로 신지 마"라고 하며 대한민국 모든 남성들이 한 번씩은 쓰는 듯한 구시대의 당부를 하곤 했다. 그때 나는 "나 한눈 팔까봐 신경 쓸 시간에 네가 더 멋있어지려고 노력해봐. 네가 태양처럼 멋있어서 하늘에 떠 있어라. 그럼 내가 아무리 다른 곳을 보려 해도 너보다 더 멋진 남자를 못 찾지 않겠니?"라고 대답했다. 이후 그가 태양처럼 근사하게 빛나는지 확인할 기회가 없어져버렸고 내가 광고회사에서 일에 파묻혀 헤매고 있을 때 그는 두 아이의 아빠가 되었다는 소식이 들려왔다.

세월이 지나면서 내가 그에게 했던 이야기를 왜 스스로에게는 적용해보지 않았을까 하는 생각이 들었다. 왜 나는 내면에서 태양처럼 빛나려고 노력하지 않고 어찌하면 상대방에게 태양같이 비춰질까만 고민했을까? 왜 나는 나를 사랑해주지 않고 남에게 사랑을 받으려 했을까? 마흔이다. 나는 다시 사랑을 하려 한다. 이번에는 나 자신과의 사랑을 해야겠다. 이제라도 나를 많이 아껴주고 사랑해주고 싶다.

이 땅의 싱글 여성들이여 무릇 연애하자. 나와 먼저 연애하자. 그리고 타인과 사랑하면서 아프고 상처받고 그리하여 더욱 강인하고 의연한 모습으로 나를 만나는 남자를 설레게 하는 주인공이 되자.

03

→ 공부는
빛을 내서라도
하는 게 좋다

MBA 딱지가 꼭 필요할까? | 영어, 정말 잘해야
한다 | 리더감으로 인정받아라 | 여성의 리더십과
언니 근성 | 조직은 변덕스러운 여자를 사양한다
| 여성들의 연대를 활용하라 | 네트워크, 그거 별
로 중요하지 않다 | 매력적인 '내'가 되어 네트워
킹하라

MBA 딱지가 꼭 필요할까?

결론부터 말하자면 MBA 학위는 있으면 좋다. 그게 아니라도 학위
는 가질수록 좋다. 예전에 석사 과정을 마치고 입사한 친구가 한탄
을 했었다. 차라리 학부 끝나고 바로 회사생활을 시작할 걸 하면서
말이다. 공부가 늦어져 사회생활의 시작이 늦어지니 학부 동기들은
벌써 직장 경력 3~4년 차로 접어드는데 그는 이제 신입사원으로
학위와 상관없는 심부름을 하고 있었다. 그때는 나도 그의 말이 일
리가 있다고 생각했다. 어정쩡하게 긴 가방끈을 가지고 입사해봐야
동기들보다 나이만 많고 뭔가 뒤처져 보이는 것 같았다.

그러나 세월이 흘러 직장생활이 10년을 넘어서면서 나는 그 친구
의 학위가 점점 유용해진다는 것을 알게 되었다. 물론 실무에서 뛰
어난 능력을 보였기 때문에 학벌의 벽쯤은 가뿐하게 뛰어넘는 이들

도 많다. 그러나 누구나 다 그런 능력을 발휘할 수 있는 건 아니지 않는가?

만약 당신이 직장 4~5년 차에 아직 싱글이고 이십대에서 삼십대 초반의 나이라면 공부하라. 직장생활을 하다 보면 '이거 정말 별거 아니구나' 하는 생각이 드는데, 그건 맞다. 계속해도 딱히 특별한 게 없다. 공부를 한다는 건 이쯤에서 새로운 세상을 볼 수 있게 시야를 넓히는 기회를 갖는다는 것이다. 적당한 직장생활이 당신에게 새로운 시야를 열어주었다면 공부는 당신 인생에서 또 다른 새로운 계기를 마련할 수 있는 기회를 줄 것이다.

공부를 다시 하려면 무엇보다 돈이 든다. 그러나 그동안 모아놓은 돈이 있다면 과감히 공부에 투자하라고 권하고 싶다. 사실 직장생활을 몇년 해도 그리 큰돈을 모으기란 쉽지 않다. 모아둔 돈이 없다면 빚을 내라. 가능한 한도 내에서 빌린 후 다시 일하면서 갚으면 된다. 물론 공부하는 동안의 기회비용에 대해 아쉬운 생각이 들 수도 있다. 하지만 아마도 당신이 더 오래 더 많은 돈을 벌 수 있는 방법은 지금 공부에 투자하는 것이다.

그럼 나는 어떠한가? 나에게는 석사 학위가 없다. 내게도 아이를 낳을지 MBA 학위를 따야 할지를 고민하던 순간이 있었다. 서른셋. 그제서야 나는 MBA 학위를 가지는 것이 사회생활에 '유리한 포인트', 아니 없으면 안 되는 필수조건이라는 것을 알게 되었다. 특히 세계 시장에서, 나처럼 다국적 기업에서 일하는 사람에게는 더더욱 그러하다.

돈과 시간의 여유가 있다면 MBA건 무엇이건 꼭 한번쯤 다시 공부를 해봐도 좋을 듯하다. 돈과 시간의 여유가 없다면 만들어서라도 말이다. 단, 반드시 일정한 직장 경력을 가진 뒤 나에게 무엇이 필요한지 느끼고 난 뒤에 하는 것이 옳겠다.

나의 경우 출산과 육아 때문에 MBA를 포기한 건 아니다. 사실 십대 시절에 죽어라고 싫어했던 수학을 GMAT 때문에 다시 시작해야 한다는 게 끔찍해서 포기했다. 더군다나 다시 공부를 시작하려니 입학 준비부터 해야 할 것들이 어찌나 많은지. 학교 입학을 위해 직장을 그만두는 게 아니라 입학 준비를 위해서 직장을 그만두어야 할 판이었다. 대학원에서 요구하는 입학 자료들, 에세이, 추천서와 각종 서류들까지 갖추려면 시험 성적을 잘 받기 위해서 준비하는 것 말고도 적어도 6개월은 필요할 것 같았다. 그렇게 하려면 회사를 먼저 그만두고 차분히 입학 준비를 해야 하는 건데, 그 생각에 머릿속이 복잡해졌다.

"그나마 직장도 그만두고 준비했는데 입학 허가를 받지 못하면 어떻게 하나?"

"직장을 그만두고 돈을 못 버는 기간을 2년으로 잡았는데, 이러다가 3년이 되는 게 아닐까?"

"3년 뒤에 내가 더 괜찮은 직장을 구할 수는 있는 걸까?"

"혹여 몇년 후의 사회 상황이 취업이 더 어려워지는 건 아닐까?"

"내가 거금을 투자한 만큼 나중에 회수가 가능한 건가?"

온갖 부정적인 이유들이 떠올랐다. 그러면서 자연스럽게 이런 생각들을 하게 되었다.

"그래 MBA 학위 없이 나름대로 씩씩하게 버텨보자."

"세상이 빨리 변해서 습득해야 할 새로운 것들이 광속의 속도로 쏟아져 나오는데 고작 학위 하나에 목숨 걸 필요가 있나?"

그때 나는 MBA를 포기하고 나름대로 버텨보았는데 실은 공부를 했어야 했다고 나중에 후회했다. 시간이 갈수록 외국계 회사에서 살아남으려면 학위가 필요했다. 단지 회사에서 잘 버티기 위해서뿐만 아니라 내가 한 단계 더 성장하기 위해서도 브레이크 타임은 필요하다. 그따위 학위 하나에 목숨 걸어라. 세상이 광속으로 변해도 배워서 남 주는 건 아니니까.

지금 유학을 고민하는 후배들에게 내가 할 수 있는 한 가지 충고라면 유학은 엄청나게 외롭다는 것이다. 영어권에서 어린 시절을 보냈거나 영어가 모국어가 아닌 사람에게는 특히 그렇다. 나처럼 토종 한국인으로 20년 가까이 한국에서만 살다가 경험하게 된 유학은, 다른 나라 언어로 그 언어가 모국어인 친구들과 토론하고 학점을 따기 위해 그들과 경쟁해야 한다는 외롭고 두려운 과정이었다.

호주에서 공부할 때 이런 생각을 하곤 했다. 내가 고등학교 때 이렇게 열심히 공부했더라면 훌륭한 대입 성적표를 손에 들었을 거라고. 지금도 생생하게 기억에 남는 건 너무나 아름다운 호주의 경치를 앞에 두고도 건물 밖으로 나오기가 두려웠다는 것이다. 밖으로 나가서 그 하늘과 햇살 아래 무섭도록 홀로라는 사실을 다시 깨닫는 게 싫었다. 호주에 도착한 첫날의 강렬했던 햇살과 내음, 그 속에서 망연히 '이제 진짜 혼자구나'라는 자각으로 시작된 유학은 '홀로 선다는 것'의 의미를 내게 가르쳐주었다.

호주의 대학에 입학하고 처음 6개월간은 도무지 무슨 말을 하는지 알 수 없는 교수들의 강의를 알아듣는 척하다가 기진맥진 하루가 지나갔다. 그리고 생각했다. '이건 미친 짓이다. 난 도저히 여기서 졸업을 할 수 없다. 내일 아침에 맑은 정신으로 한국행 비행기표를 예약하자.' 그러나 다음날 아침이면 딴에는 결연한 의지로 한국의 대학을 자퇴하고 떠나온 내 무모한 결정이 다시 발목을 잡았다. 다시 하라고 한다면 지금도 엄두가 나지 않을 만큼 힘겨운 시간들이었다. 좋아하던 친구들과의 만남과 수다도 끊고 오직 공부만 해야 했다. 그것만이 유일한 방법이었다. 유학을 하며 여행도 다니고 견문도 넓힐 수 있다고? 적어도 난 그렇지 않다고 본다. 석사나 MBA 과정이 아닌 다음에야 교양 과목 학점도 따야 하고 전공도 따라가야 하니 하루하루가 허덕거림인데 무슨 견문을 넓히겠나. 그저 살아남는 게 목표다.

그래서였을까. 나는 호주 유학 시절에 심각한 거식증을 앓았다. 몸무게가 40kg을 왔다 갔다 했고 사이즈 4를 입기도 했다. 다시는 돌아올 수 없는 환상적인 몸매였지만 그때는 심각한 정신병이었다. 168cm의 키에 40kg을 오가는 내 몸을 보면서도 나는 내가 말랐다는 생각이 들지 않았다. 어느 순간부터 모든 게 무감각해졌다. 오로

지 내가 선택한 이 무모한 결정에서 살아남아서 무사히 졸업을 하고 한국에 가고 싶었다. 나의 거식증은 향수병과 첫사랑과의 실연의 상처 등이 혼합되어 내 몸에 생겨난 반응이었다. 다행히 한국으로 돌아온 이후 건전한 사교 활동 덕분에 별다른 정신과 치료 없이도 몸무게가 정상치에 돌아오는, 조금은 실망스러운 '건강의 기적'을 이루었지만 그때를 생각하면 지금도 아찔하다.

유학은 한번쯤 해볼 만한 도전이다. 그 시절을 무사히(?) 끝낸 후 생각해보면 잃은 것보다 그래도 얻은 게 훨씬 많았던 과정이었음이 틀림없다. 그러나 한 가지, 유학에 낭만은 없다. 외롭고 고통스럽다. 그걸 싸워서 이겨낼 자신이 있으면 떠나보는 게 좋다.

영어, 정말 잘해야 한다

외국계 기업에서 살아남기 위해서 영어는 필수 요소이다. 단지 영어를 알아듣고 나의 의사를 표현할 수 있는 수준을 넘어서야 한다. 제스프리를 시작하고 6개월 뒤 홀로 고군분투하던 내게 처음으로 직원이 생겼다. 내가 처리해야 했던 소소한 잡무를 일시에 넘겨주었을 때의 해방감. 처음에는 그것만으로도 대환영이었다. 그러나 한두 해 지나면서 점점 그 직원에게 영어 능력을 요구하게 되었다.

뉴질랜드와의 통화, 이메일, 그런 일들을 내가 없이도 진행하려면 하나뿐인 직원이 영어를 잘해야만 했다. 그래서 함께한 9년 동안 나는 직원의 봉급을 많이 올려주지는 못했지만 영어 교육의 기회만큼은 아낌없이 제공했다. 본사 연수를 가건 영어 교사를 회사로 불러 수업을 받게 하건 영어에 관련된 것이라면 무엇이든 좋았다.

그 직원이 입사 6년 차쯤 되었을 때다. 그에게 매니저 역할을 맡기고 싶었던 나는 아시아 사장에게 동의를 구했다. 그러나 떨어진 한마디는 "업무 능력은 오케이, 그러나 언어 문제를 먼저 해결하도록"이었다.

유학에서도 느꼈지만 교수들은 절대 한국의 어학원 선생님들처럼 친절한 영어로 설명하지 않는다. 그들의 목표는 지식을 가르치는 것이지 영어를 가르치는 것이 아니기 때문이다. 외국계 회사에서 본사 직원이 한국을 방문하면 간혹 한국 직원들의 더듬거리는 영어를 참을성 있게 들어주고 질문하곤 한다. 그러나 유의할 점은 그 수준의 영어로는 결코 어느 수준 이상으로 성장할 수 없다는 것이다.

나는 뉴질랜드에서의 프레젠테이션을 즐겼다. 한국의 한 해 비전을 제시하고 서로의 요구에 대해 토론이 벌어지는 자리. 그런 프레젠테이션은 나에게 신선한 자극이었다. 우리가 '무엇을 아는가'와 아는 것을 '어떻게 표현하는가'에는 큰 차이가 있다. 나는 내 생각을 표현하는 것을 즐겼고 그 속에 적절한 유머를 양념으로 넣는 것도 잘했다. 나의 프레젠테이션을 듣는 동료도 고객이라고 생각했고 그래서 발표가 있는 날에는 옷차림에도 더 신경을 썼다. 그러나 무엇보다 중요한 것은 영어 능력이다. 회사는 이윤을 추구하는 곳이기에 내 영어의 미숙함을 참을성 있게 기다려주지 않는다. 본사 회의에서 나 또한 모르는 단어들을 접하곤 하지만 거기서 누구에게 그 뜻을 물어볼 수 있겠는가. 영어로 토론하고 때론 자신의 주장을 내세우기도 하고 때론 언성을 높여야 한다면, 특히 화상회의를 하거나 텔레컨퍼런스라도 할라치면 높은 수준의 영어 능력이 절대적으로 필요하다.

뉴질랜드에서 2월에 열리는 컨퍼런스는 1월의 기획서를 바탕으로 각 나라의 매니저들이 모여서 각자의 비전과 전략을 제시하며 한 해 동안 가져갈 키위의 양과 가격들을 비교하는 자리이다. 가장 민감한 부분이 첫 물량을 어느 나라가 얼마만큼 가져가야 하는가 하는 점이다. 제스프리의 첫 배는 통상 4월에 뉴질랜드에서 출발하게 되는데 이 시기에는 전 세계적으로 키위 물량이 모자란다. 우리나라에서도 국내산 키위도 부족한 시기이고 이는 일본이나 다른 나라도 마찬가지이다. 이에 반해 첫 수확량은 당연히 한정적일 수밖에 없고 첫 수확량을 각 나라별로 어떻게 시장 논리에 맞게 나누느냐 하는 것을 가지고 나라별 대립이 이루어진다.

유럽 국가들은 전통적으로 많은 양을 소화하기 위해 용량이 큰 배를 주문하는데 그 배의 용량을 다 채우고 나면 나머지 국가들이 가져갈 수 있는 키위의 양이 현저하게 줄어든다. 그렇다고 전 세계에서 가장 비싼 가격을 지불하는 일본 시장과 경쟁하기도 벅찬 노릇. 결국 한국은 첫 수확량을 확보하기 위해 키위 전용선이 아닌 컨테이너 배편의 스케줄을 맞추고 목소리를 높이는 수밖에 없다. 이런 토론에서는 때론 서로에게 심한 말을 하거나 얼굴을 붉히는 경우가 발생하기도 한다. 이런 자리에서 누가 나의 영어가 모자란다고 내 말이 끝나기를 기다려주겠는가?

외국계 기업에서 살아남고 성공하고 싶다면 슬픈 현실이지만 영어는 아주 잘해야 한다. 나는 유학 시절보다 제스프리에서의 시간을 통해 더욱 많이 영어를 배웠다. 사람을 일대일로 마주보고 하는 영어도 부담스러운데 전화 통화만으로 의사를 전달해야 할 때의 당황스러움이라니. 영어가 모국어가 아닌 이상 이 고민은 평생 계속된다. 부딪히고 고민하고 배워야 한다.

그래도 한 가지 위안이 있다면 영어를 잘한다고 해서 논리가 뛰어난 건 아니라는 점이다. 그 나라 말을 잘한다고 해서 사고가 깊어지지는 않는다. 언어는 사고의 집이다. 언어가 먼저인지 사유가 먼저인지를 알 수는 없지만 영어로 깊이 있는 사고가 가능할 때 아마도 영어로부터 자유로울 수 있을 것이다.

리더감으로 인정받아라

여성이 최고가 되는 것이 왜 어려운지에 대한 의견들 중에 흔히 많이 듣는 말이 "여성들을 보면 리더감이 아니라는 생각이 든다"는 것이다. 이 '감'이라는 것이 막연해서 도대체 왜 누구는 '깜'이고 나는 아닌지 알기 어려울 때가 많다. 그래서 그놈의 '깜'이라는 게 막연한 선입견이거나 편견이라고 치부해버리는 경향이 있다. 물론 선입견이나 편견일 수도 있다. 그러나 그렇다고 그것이 중요하지 않고 생각하면 오해다. 결국은 그 '깜'이 나의 승진과 미래를 좌우할 것이기 때문이다. "그 친구 일은 정말 잘하는데 리더감이 아니야"라는 평가는 "그 친구 성공하기 힘들겠어" 하는 말과 동의어다.

솔직히 여자들은 뛰어나다. 똑 소리 나게 일 잘한다. 그리고 사회 구조상 남자들보다 접대받을 기회가 적다. 거래처로부터 술 접대

받고 함께 거하게 취했다는 이유로 일을 봐주기도 하는 남자들보다 훨씬 마무리도 깔끔하고 원칙적이다. 그런데 도대체 뭐가 '깜'이 아니라는 건가. 이거 혹시 남자들이 실력으로 모자라니까 만든 핑계가 아닌가. 아니다. 그리고 그렇다고 해도 상관없다. 문제는 내가 '리더감'이 아니라고 동료, 아랫사람 또는 상사에게 인식된다는 사실이다.

그럼 왜 여자들은 리더감이 되지 못한다고 하는가. 내가 만난 이들은 공통적으로 "여성들은 조직 내에서의 자신을 보지 못한다"라고 말했다. 내가 지금 과장이고 곧 차장으로 승진하길 원한다면 다음의 내 자리를 위해서 누구를 키워놓아야 할 것인가에 대한 고민이 없단다. 단지 내가 승진하는 것이 중요하지 내 후임은 누가 하면 좋을지 아래 직원들 중 누군가를 준비시키고 트레이닝시켜놓을 것인지에 대한 고민이 보이지 않는다는 것이다.

"여자들은 동료나 아랫사람들에게 친절하기는 하지만 사람을 키워주지 않는다." 스스로의 안위에만 급급하다는 비난이다. 만약 상사가 내가 아랫사람을 키우기 위해 어떤 노력을 하고 있나 살펴볼 때 오직 나 하나 승진하려고 노력하는 모습으로 보여진다면 그 사람은 분명 '리더감'이 아니라고 생각할 것이다.

이는 아래 직원들에게도 마찬가지이다. 아니 더 확연하다. 나의 상사가 나를 키워주고 내가 이 조직에서 다음 단계로 나갈 수 있게 서포트해주고 있다고 생각하면 존경이 생긴다. '저 사람이 성공하면 나도 성공할 수 있겠구나' 하는 계산도 하게 될 것이다. 그러나 내가 달랑 나 하나 승진하기를 원하는 사람으로 비쳐진다면 나를 따를 직원이 누가 있을까? 당연히 아랫사람들에게서 "우리 상사는 리더감이 아니야"라는 이야기가 나오기 마련이다.

또 다른 문제는 여성들의 모범생 같은 태도다. 정답을 찾으려는 모범생 같은 태도가 상사나 아랫사람에게 리더감이 아니라는 인식을 심어주게 된다. 생각해보면 내가 일을 시키는 입장이었을 때도 그랬던 것 같다. 같은 일이라도 남자 직원에게 시키면 일단 긍정적인 대답이 돌아온다. "예, 잘될 겁니다. 별로 문제없습니다. 알아서 해결해놓겠습니다." 일단 대답은 씩씩하다. 물론 남자의 특성상 우선 긍정하고 보는 버릇이 있는데 그걸 알면서도 신뢰가 가니 어쩌겠는가. 그러나 같은 이슈가 여성에게 가면 틀려진다. "그걸 하려면 이걸 알아야 하는데, 이건 어떻게 하죠? 저건 어떻게 하죠?" 일단 질문과 걱정이 많다. 일을 더 잘하기 위해서 필요한 질문이라는 것을 알면서도 일을 시키는 입장에서는 신뢰가 줄어들게 된다.

상사는 당신이 그 일을 해결해나가면서 무슨 염려를 하는지 무슨 고민을 하는지 알고 싶지 않다. 상사는 당신의 언니나 연인이 아니다. 나는 주어진 일에 "예스"라고 말하는 사람이 좋다. "자신 있습니다"가 "어려울 것 같은데 노력해볼게요"보다 더 좋다. 막상 뚜껑을 열어 보았을 때 둘의 결과물이 큰 차이가 없더라도 예스맨이 좋다. 긍정적인 사고는 자신감을 읽을 수 있게 하고 이것이 점점 신뢰로 쌓인다.

이는 아랫사람에게도 마찬가지이다. 당신이 프로젝트를 진행하는 팀장이라면 결정을 내려야 하는 순간에 갈등하는 모습을 보이지 말아야 한다. 결론을 내리기 전까지 모두의 의견을 듣고 조율하는 것은 좋다. 그러나 일이 시작되면 결정을 번복해서는 안 된다. 사람들의 의견을 다시 물어보는 건 더더욱 안 된다. 그것은 당신이 그 일에 자신이 없다는 뜻이다. 아랫사람에게 상사가 내린 결정은 절대적이어야 한다.

마지막으로 리더감이 되려면 조직원을 내 마음으로부터 아낄 줄 알아야 하고 조직을 위해서 자기희생을 감수해야 한다. 자신이 하지 않으면서 남에게 기대해서는 안 된다. 내가 야근하고 사적인 시간을 포기하고 진심으로 이 일을 고민할 때 다른 이들도 그러하길 기대해야 한다. 나에게 온 연수 기회를 내가 키워주고 싶은 후배를 위해서 양보할 줄도 알아야 한다. 회사를 떠나는 친구가 자신의 선배에게 이야기했다. "형을 아끼니까 하는 말이야. 형은 그 조직에서 성공할 수 없어. 형은 후배들을 위해서 희생한 적이 없어. 형은 언제나 좋은 기회 좋은 자리들을 가져갔지만 사적인 시간, 마음 어느 한구석을 후배들을 위해 진정으로 써준 적 있어?"라고 아픈 말을 했다.

오길비라는 다국적 광고회사는 내가 다니던 당시만 해도 해태그룹의 계열사인 광고회사 코래드 국제국의 한 부서였다. 당시 그 부서의 국장이자 나의 사수는 백제열 현 오길비 코리아 사장님이었다. 오길비에서 기획을 담당하던 나는 이십대 중반의 혈기로 직장생활을 했고 대책 없이 좌충우돌이었다. 한번은 옆 팀의 광고 제작

담당 부장님과 심하게 다투고 다른 팀들에게 다 들릴 정도로 큰 소리를 내며 회사를 나가버렸다. 입사한 지 1년도 채 안 된 사원이 옆 팀의 부장과 대판 싸웠으니 사수였던 국장님의 입장이 난처해진 것은 뻔한 사실이었다.

두어 시간 뒤 씩씩거리며 들어오는 나를 보고 국장님이 도대체 어디 갔다 오냐고 물으셨다. 그때 난 끓는 피를 참지 못하고 회사 앞 헌혈차에 가서 헌혈을 하고 오는 길이었다 "너무 열 받아서 좀 식히느라 헌혈하고 오는 길인데요." 내 대답에 잠시 황당해하시던 국장님은 "야, 너처럼 열 받을 때마다 헌혈하면 난 피가 하나도 없겠다. 여자가 왜 이리 드세냐. 도대체" 하면서 웃어 넘기셨다.

그때는 또 '여자가'라는 한마디가 걸리던 시절이어서 내가 다시 회사를 나가고 난 뒤 국장님이 그 난처한 상황을 어찌 정리하셨는지에 대해서는 고민조차 하지 않았다. 광고회사를 지겨워하던 나는 코래드 국제국에서 2년을 넘기지 못하고 역시 오길비의 주주 회사이던 영국의 WPP가 소유한 버슨마스텔라라는 홍보 회사로 자리를 옮겼다.

회사를 그만두겠다는 나에게 국장님은 아직 배울 것도 많고 네가 여기서 커 나갈 가능성이 많은데 왜 나가려 하냐며 못내 아쉬워했다. 그런 국장님의 말씀에도 아랑곳하지 않고 버슨마스텔라로 자리를 옮긴 첫날, 놀랍게도 국장님은 당시 내 새 직장의 사장님께 편지를 보냈다.

'이 친구를 잘 부탁한다. 성격이 급하고 직선적이어서 자기 할 말은 다 하는 편이나 업무에 권한을 주고 자율적으로 놓아두면 책임감 있게 처리한다'는 요지였다. 성격이 썩 고분고분하지는 않으나 믿고 맡겨두면 괜찮으니 잘 키워달라는 당부셨다. 국장님의 배려와 인간적인 따스함이 느껴졌다.

국장님의 염려대로(?) 내 성격으로는 새로운 회사의 임원들과 부딪히기 일쑤였고 결국 난 그 회사를 오래 다니지 못했다. 내가 퇴사를 결정한 후 처음 받은 전화 역시 국장님이었다. "거 봐라, 네 성격으로 거기는 버티기 힘들다고 내가 이야기했지 않니. 다시 내 밑에 와서 일하지 않겠냐?"

새로 옮긴 회사에서 제대로 버텨내지 못하고 퇴사하는 나에게 그런 국장님의 말씀은 큰 힘이 되어주었다. 다시 국장님의 부하 직원이 되지는 않았지만 그 분의 배려가 내게 든든한 힘이 되었음은 두말할 필요가 없다.

이후 제스프리로 방향을 잡게 되기까지의 시간 속에 초조하지 않을 수 있었던 것은 마음 깊이 새겨져 있던 그 든든함 때문이었다. 어느새 나는 당시 국장님의 나이가 되어 있다. 가끔 스스로에게 질문해본다. 지금의 나는 퇴사하는 부하 직원의 새로운 상사 앞으로 그런 편지를 보낼 만큼 따스한 마음을 지니고 있을까?

사람과 사람이 서로 교감하는 것은 무서우리만치 정확하다. 저 사람이 나를 진정으로 아끼는구나. 저 사람이 우리 조직의 성공을 위해서 자기가 가진 것을 희생할 줄 아는구나. 생각은 누가 알려주지 않아도 서로 통하게 된다. 함께 일하는 사람들과의 신뢰는 단순히 사내 정치를 잘한다고 해서 쌓여지지 않는다.

　내가 진정으로 팀을 이끄는 리더가 되기를 원하는가? 그렇다면 '리더감'으로 보여야 한다. 리더감으로 회자되어야 한다.

여성의 리더십과 언니 근성

7년 가까이 같이 일했던 직원이 있었다. 어렸을 때부터 알던 동생이라 직원으로 데리고 있으면서도 항상 언니 같은 마음이기도 했다. 그러기에 서로의 사적인 이야기들도 공유했고 휴일에는 함께 놀러다니곤 했다. 서로 잘 지낸다고 믿었고 신뢰했다. 그러나 사적으로 가깝다 보면 일에 있어서 문제가 생기기 마련이다. 일할 때 그 친구와 부딪히는 경우가 잦아졌고 언니가 아닌 상사로서의 지시가 서로를 서운하게 만드는 상황들이 발생했다. 그러던 어느 날, 그 친구가 뉴질랜드 본사에 장문의 편지를 보내 자신이 곁에서 본 나의 실수들을 하나하나 지적하며 아프게 배신(?)하고 떠났다. 많이 아팠다. 내가 살아온 날들에 대해 회의가 들었고 도대체 뭐가 잘못이었는지 알 수가 없었다. 처음에는 막연히 분했다. 용서할 수 없다고 생각했고 이해할 수도 없었다. 그리고 깨달았다. 내가 상사로서 사람을 다룰 줄 몰랐다는 사실을 말이다. 상사가 된다는 것과 언니가 된다는 것에는 커다란 차이가 있다.

내가 일을 하며 했던 수많은 실수 중에서 그때까지도 깨닫지 못한 게 있었는데 그건 내가 남의 짐을 함께 덜어주길 좋아한다는 사실이다. 소위 말하는 '착한 여자 콤플렉스'가 나에게도 있었다. 프로페셔널해야 한다는 강박의식에 외부 사람들에게 또는 본사의 동료들에게 드세게 굴었지만 소위 내 새끼들에겐 잘해줘야 한다는 모순이 동시에 있었다. '내가 조금 더 하면 되지. 내가 조금 더 야근하지' 하면서 남의 짐을 덜어주는 걸 즐겼다. 스스로 힘든 길을 택하는 것도 교만이다. 나는 '이타주의'라는 이름의 교만 때문에 오히려 내가 작아질 수도 있다는 것을 몰랐다.

신입사원일 때는 상관없다. 그냥 좀 착한 여직원 정도로 남으면 되니까. 그러나 점점 자리가 높아지고 책임감이 생기고 아랫사람들이 생기면 나의 이런 태도는 위험하다.

'저 친구에게 시키느니 내가 조금 더 하자'고 생각하면서 나는 내가 꽤 괜찮은 사람이자 상사라고 스스로 자부했었다. 그러나 그 생각 속에는 '내가 너의 짐을 들어주었으니 내가 너보다 우월하다'는 생각이 있었다. 내가 상대에게 호의를 베푼다고 해서 또 나의 호의가 나의 이익을 위하는 게 아니라는 이유를 들어 나는 항상 내가 옳다고 생각하는 우를 범한 것이다.

'내가 옳다'라는 생각이 자리를 잡아버리면 타인의 조언과 충고가 들어올 공간이 없어져버린다. 사실 상사로서 부하의 짐을 덜어주는 건 결국 본인이 그저 편하고 싶은 거다. 내가 하면 더 편하니까 그래서 그냥 하는 거다. 직원에 대한 진정한 애정이 있었다면 실수를 할 때까지 기다려주었어야 했다. 서늘함이 공존하지 않는 따사로움은 그림자가 없는 빛과 같다. 난 단지 배려하는 따뜻한 상사이고만 싶었던 것이다. 그런 나의 작은 친절들이 상대방에게 오히려 해가 될 수도 있다. 직원들이 성장하는 데 방해가 되고 자립심을 키우지 못하게 되고 그것이 내게도 상처가 될 수 있다.

유잔 첸 사장과의 인연도 어느덧 10년을 넘어서고 있다. 어느 순간에 나는 고집이 강한 직원이었을 것이고 어느 순간에는 실망스러울 만큼 정치적이지 못한 직원일 때도 있었을 게다. 희망사항을 섞어 말하자면 본인의 기대보다 많은 것을 이루려고 스스로를 몰아붙였던 기특한 직원이기도 했을까? 제스프리를 떠나는 순간까지 나는 그에게 어떤 부하 직원이었냐고 물어보지 못했다.

유잔 첸 사장은 대만인으로 일본에서 경영학부를 졸업하고 스위스 IMD에서 MBA를 한 독특한 경력의 소유자였다. 그의 과거 행적이 말해주듯 그는 영어·일어·중국어에 모두 능통했고 이런 언어 능력은 국제 비즈니스에서 그의 경쟁력을 높여주었다. P&G 뉴욕 매니저를 거쳐 제스프리에 입사한 그는 숫자 계산에 비상함을 보여 숫자에 약한 나를 번번이 주눅들게 했고, 중국인 특유의 만만디 전법으로 성격 급하고 직진 돌격밖에 모르던 나를 인내의 한계까지 몰아넣어 '여길 관둬야지' 하는 생각을 수시로 들게 하는 데 적잖이

기여했지만 지난 10년간 나는 그에게 많은 것을 배웠다.

보수적인 일본 사회에서 아시아 사장으로 자리 잡기까지 그는 대만인을 신뢰하지 않던 일본 내 제스프리 파트너들을 우호적인 동지로 만드는 데 성공했고 그의 부임 이후 제스프리 아시아는 해마다 기록적인 세일즈 경신을 이루어냈다. 그는 또한 뉴질랜드에서 아시아의 목소리를 대변했는데, 뉴질랜드 이사진들조차 그의 강성 발언에 진땀을 흘리곤 했다.

그는 뉴질랜드에서의 회의가 탁상공론으로 흐른다 싶으면 "이론을 이야기하지 마라. 당신의 경영 이론에 대해 나는 더욱 전문적인 답변이 준비되어 있다. 먼저 시장에 나와 봐라"라고 말하며 자신의 주장을 관철시키고는 했다. 그의 몇몇 이야기들은 뉴질랜드에서 전설이 되기도 했는데 그중 하나가 뉴질랜드 본사의 당시 마케팅 이사가 아시아 시장을 방문한다고 첸 사장에게 이메일을 보냈을 때다. 당시에는 본사 임원이라도 그 시장의 동의가 있어야만 시장 방문이 가능했었는데 그때 첸 사장의 답변이 'Come, but do not lecture'라는 한 줄이었다. '아시아 시장에 오는 건 좋은데 와서 강의는 하지 마라'였던 거다.

원칙에 충실한 뉴질랜드 팀들은 첸 사장과 자주 부딪혔다. 한 번은 아시아 시장에서 키위 물량이 부족하니 가능한 한 빨리 물량을 실어달라는 우리의 요구에 당시의 공급 담당 매니저는 지금의 재고 현황, 다른 나라에 예약되어 있는 키위 물량 상황, 예약 가능한 배편의 일정들을 들어 우리의 요구가 실현 불가능하다는 답변만 들려주었다. 그때 첸 사장의 한마디는 상황을 반전시켰다. "당신의 답변은 엑셀 프로그램도 할 수 있는 것이다. 우리가 사람을 고용한 것은 상상력을 발휘하라는 이유다."

어느 날 "도대체 아시아에서 각각의 다른 시장들을 어떻게 그렇게 하나로 잘 이끌 수 있냐"는 뉴질랜드 CEO의 질문에 그의 대답은 "난 그저 가만히 있을 뿐이다. 모두들 알아서 자기 길을 가는데 내가 왜 방해를 하겠나?"였다. 그랬다. 만약 자율경영이라는 단어가 있다면 그는 그것을 몸소 실천해 보였다. 그는 까다로운 상사이기도 했지만 일단 한 번 신뢰가 쌓이면 믿고 맡기는 상사이기도 했다. 그의 밑에서 일하면서 큰 틀에 대한 동의 외에 제스프리 한국의 세부 항들을 놓고 그의 결제를 받아본 것은 10년을 통틀어 손에 꼽을 정도였다.

그는 한국에서의 TV 광고안이 어떻게 결정되건 관여하지 않았고 그가 인정해준 마케팅 예산이 어떻게 분배되어 쓰이는지 연말 연초의 보고 외에는 받지 않았다. 그는 각 나라의 매니저들이 최상의 노력을 기울이도록 발판을 마련해주었고 뉴질랜드 본사로부터의 외풍에서 그의 매니저들을 보호해주었다.

한 번은 당시 홍콩의 매니저가 거래처와 계약을 잘못 체결해 제스프리가 큰돈을 손해본 적이 있다. 당시 홍콩 매니저를 문책하려는 뉴질랜드 본사 임원진 앞에서 유잔 첸 사장은 "모든 것은 나의 지시였다"고 그를 보호했다. 일본의 마케팅 매니저가 광고 방영 스케줄을 잘못 잡아서 거의 100만 달러 가까운 금액을 별다른 효과 없이 광고비로 지불했을 때도 마찬가지였다. 그는 그 매니저에게 한 번만 더 같은 실수를 반복하면 해고하겠다고 통보했지만 막상 뉴질랜드에서의 책임 추궁은 그가 나서서 해결했다. 나 또한 그런 보호를 받기는 마찬가지였다. 제스프리 한국 지사장을 하며 판단착오를 하기도 했고, 뉴질랜드와의 의견 차이가 생기기도 했고, 나에 관한 블랙 메일들이 뉴질랜드 본사로 들어가는 최악의 경우도 있었다. 그럴 때 그는 가차 없이 나를 질타했지만 막상 뉴질랜드로 날아가서는 누구보다 자신의 부하 직원을 변론했다. 그래서 아랫사람은 그를 신뢰할 수밖에 없었다.

제스프리 아시아 직원들이 만나면 항상 하는 상사에 대한 불평이 있다. "유잔 첸 사장 밑에서 일하는 거 너무 스트레스다. 진짜 그 사장의 의도를 맞추기가 힘들다"는 것이다. 그러나 모두들 동의하는 바가 하나 있으니 만약 우리가 일 때문에 곤경에 처하게 된다면 그는 우리편이 되어줄 믿을 수 있는 상사라는 것이다. 그것이 리더십이 아닌가 싶다. 부하들에게 불평을 듣고 때로는 함께 일하기 힘이 들어 회사를 관두고 싶게 만들기도 하지만 마지막 순간에 신뢰할 수 있는 믿음을 주는 것이 진정한 리더다.

한 번은 내가 한국 내 파트너사와 심하게 언성을 높인 적이 있었다. 두 사람 다 양보할 수 없는 상황이었다. 마침내 유잔 첸 사장이 일본에서 날아왔다. 세 사람이 대면한 자리에서 조용히 이야기를 듣던 그가 우리 둘에게 읽어보라며 최인호의 『상도』라는 책을 내놓는 게 아닌가. 한방 맞은 기분이었다. 그는 그 책 속의 계영배 술잔에 대해 언급하며 과욕에 대해 이야기했다. 그때 나는 언젠가 내가 반드시 당신을 넘어서는 상사의 모습이 될 거라고 다짐했다.

여성들이 저지르기 쉬운 실수가 '작게 친절하다'는 거다. 우리 친절하지 말자. 적어도 부하 직원을 아끼는 상사라면 좀 덜 친절해야 한다. 나의 친절을 과시하려 하지 말고 깊이 드러나지 않게 그러나 진실되게 직원들을 사랑하는 법을 배워야 한다. 상사는 직원들의 언니나 엄마가 아니다. 상사는 부하들에게 힘든 상황이 닥치면 내 편이 되어줄 사람이라는 믿음을 줄 수 있어야 한다. 또한 소소한 친절을 베풀기보다는 나보다 한 발 앞서 큰 그림 속에서 고민하는 모습을 보여줄 수 있어야 한다. 상사는 무엇보다 부하 직원들이 언젠가는 그를 뛰어넘도록 도전하고 싶은 대상이 되어야 한다.

돌이켜보면 나는 내 온실 속에 직원들을 넣어놓고 어떤 경쟁력을 키워주었나 반성하게 된다. 어떤 비전을 심어주었나 한심할 지경이다. 리더로서의 나는 서늘함이 없이 따사로움만을 가지고 조직을 이끌려 했다. 내가 따스한 사람이란 걸 즐기려 했다. 서늘함이란 필요 없는 권위라 생각했다. 딱딱한 남자들이 만들어놓은 불필요한 권위 같은 걸 존중하고 싶지 않았다. 그러나 사회는, 적어도 아직까지는 남자들의 룰에 의해 움직이고 차가움은 리더가 반드시 가져야 하는 덕목임을 뒤늦게 깨닫는다.

부하 직원을 잘 관리해야 한다. 주변 사람들의 나에 대한 판단이 어쩌면 동료보다 부하 직원들의 수다를 통해 밖으로 나간다는 것을 알아야 한다. 내가 예전에 알던 외국계 명품 회사 여사장은 업계에 자신에 대해 조그만 소문이라도 돌면 부하 직원들을 무섭게 몰아쳤다. 그때 나는 그 사람이 심하게 예민하고 그릇이 작은 사람이라고 치부했다. 그 사람에 비해 나는 부하 직원들과 허물없이 잘 지낸다고 그래서 내가 그 사람보다 아랫사람 관리를 잘한다고 속으로 우쭐했었다. 그러나 지금 누군가 내게 부하 직원들과 허물없이 잘 지낸다고 말한다면 나는 상사로서 그 사람의 자질을 의심할 것이다. 부하 직원들과 허물이 있어야 한다. 특히나 여성은 어려운 상사로 여겨져야 한다. 어려운 존재의 따스한 말 한마디는 그 사람에 대한 좋은 평가를 가져올 수 있지만 항상 따뜻하게 대하다 한 번 싫은 소리를 하면 그 상사는 좋은 평판을 듣기 어렵다. 인간은 원래 하나를 주면 다음을 기대하는 동물이다. 열을 주고 싶은 마음을 참아라. 어려운 상사로 남아라.

조직은 변덕스러운 여자를 사양한다

조직 내에서 간혹 여자들이 이기적이라거나 너무 제멋대로라는 비난을 받을 때가 있다. 과연 여자들이 이기적인가? 경험을 모아보면 답은 '그렇다'이다.

남자들의 불평 중 하나가 여성은 커피를 타주는 것이 남녀평등에 어긋난다고 하면서 왜 남자들이 무거운 짐을 옮길 때는 당연한 듯 쳐다보는가 하는 것이다. 회사의 짐을 옮기거나 육체 노동이 필요할 때 여직원들은 당연하다는 듯 빠지는 경향이 있다. 나부터도 그랬다. 그러면서 남자들에게 커피 한 잔 타주는 것을 양성평등 차원에서 해서는 안 된다는 이상한 강박도 있었다. 양성평등? 좋은 말이다. 단지 우리 여성들이 거기에 진심으로 다가서 있느냐는 의문이 있다.

호주에서 학과 친구들과 산으로 캠핑을 갔을 때다. 지고 간 배낭이 무거워 죽겠는데 누구 하나 들어준다는 말을 하는 남자가 없었다. 이놈의 신사도는 다 어디로 사라졌는지 문을 먼저 열어주고 의자도 빼준다는 서양의 젠틀맨들이 배낭을 들어주는 것에는 인색했다. 그게 어떤 이유인지 나중에야 알았다. 그들은 내 배낭을 들어줄 생각이 아예 없었다. 그것은 나의 일이었으니까. 문을 열어주거나 의자를 내어주는 것은 일상에서 작은 친절을 베푸는 것이지 타인의 일을 대신해주는 것과는 차이가 있었다. 마침내 목적지에 도착했을 때 대한민국에서 줄곧 자라고 살아온 나는 너무나도 당연히 텐트는 남자들이 쳐주는 것인 줄 알았다. 그러나 같이 간 어느 남자 하나도 여자들이 텐트를 치는 것을 도와주지 않았고 여자들 누구 하나 그런 도움을 기대하지도 않았다. 각자의 일은 각자가 알아서. 당연히 남자들의 도움을 기대하던 나는 머쓱한 기분이 들었다. 큰 소리 치고 보수적이긴 해도 이럴 땐 한국 남자가 그립다고 씩씩거리며 텐트를 쳤다. 그러면서도 나는 한국 남자들에게 여전히 남녀는 동등해야 한다고 말한다. 나는 동등을 원하는 게 아니라 그저 공주 대접만을 원한 게 아니었을까?

뉴질랜드는 세계에서 가장 먼저 여성에게 참정권을 준 나라이다. 현재의 여성 수상이 3선에 성공했고 이전의 수상도 여자였다. 주요 장관직에 여성들이 올라 있으며 현재 뉴질랜드 한국 대사도 여성이다. 바야흐로 여성 전성시대인 나라라고 하겠다. 이 나라 남자에게 어떻게 뉴질랜드는 여성의 인권이 존중되고 양성평등이 일찍부터 정착되었느냐고 물어봤다. 그의 대답은 간단했다. 뉴질랜드를 개척할 당시에도 그렇고 지금도 그러하고 뉴질랜드 여성들은 남성들과 똑같이 일한다는 것이다. 똑같이 소를 키우고 나무를 심고 똑같은 중노동을 거쳐 지금의 살기 좋은 나라를 이루어냈다는 게 대답이었다.

양성평등은 똑같은 노력을 전제로 한다. 그것이 육체적 노동이건 정신적 노동이건 말이다. 회사 내에서 양성평등을 실현하고 싶은가? 솔직히 그런 일에 기운 빼지 말았으면 한다. 양성평등을 이루지 못해도 대세에 지장 없다.

어느 남자는 내게 여성들은 자신이 유쾌하고 기분이 좋을 때는 어떤 농담도 받아주면서 본인의 기분이 나쁠 때는 성희롱이라도 당한 듯이 쳐다본다고 했다. 여자들의 변덕이 도무지 이해되지 않는단다. 그 말을 들으며 '어쩌면 당신이 모르는 진실은 여성이 그때그때 기분에 따라 변하는 게 아니라 사람에 따라 변하는 것이 아닐까?'라는 생각이 들었지만 차마 그 말을 하지는 못했다. 내가 그랬다. 같은 농담이라도 호감 가는 남자가 하면 유쾌하고 비호감의 남자가 이야기하면 느끼하고 저질이라고 생각된다. 문제는 이런 일관되지 못한 모습이 조직 내 다른 이들에게 생각보다 명확하게 보인다는 것이다. 사회생활이 연애하는 곳이 아니고 조직의 동료가 당신의 남자 친구가 아니라는 사실을 명심해야 한다. 남자들의 짓궂은 농담이 싫은가? 그럼 모든 이에게 똑같이 싫다고 해야 한다. 술자리에서 내가 여자로 취급받는 것 같아 기분 나쁜가? 그럼 꾸준히 나는 그런 농담을 받아들일 수 없다는 자세를 견지해라. 어느 날은 함께 웃어주고 어느 날은 정색해서는 안 된다.

여자들의 특성은 같은 건에 대해서도 기준과 원칙에 따라 움직이기보다 자신의 감성에 따라 움직인다는 점이다. 여자의 마음은 갈대이고 변덕은 여성의 고유 권한이다? 여성의 감성적인 면들을 비즈니스에서 섬세하게 발휘하는 것은 장점이 될 수 있지만 변덕스럽다는 것은 이기적이라는 평가보다 치명적이다. 조직 내에서 나의 감정을 잘 다스리는 일관된 모습을 보여야 한다.

남들이 나에게 잘 대해주기를 기대하는가? 그럼 먼저 베풀어야 한다. 내가 받고 싶은 것을 상대에게 해줄 수 있어야 성공적인 사회생활을 할 수 있다.

여성들의 연대를 활용하라

사회생활이라는 것이 남성 본위로 짜여 있는 것이기에 한계가 있다고는 해도 여성의 사회 진출이 활발한 요즘에도 여성들은 연대를 만드는 것에 약하다. 네트워킹이 세상에서 회자되는 것만큼 중요한 것은 아니라고 해도 조직 사회에서 좋은 인맥이 있다는 것은 무시할 수 없는 강점이다. 많은 비즈니스 모임들에 참석해보면 꼭 여성이 한둘쯤 있게 마련이다. 그런데 여성이 주체가 되어서 모임을 만들거나 필요에 의해 남성을 초대하는 자리를 찾아보기 어렵다. 요즘에야 여성 CEO 모임 같은 것이 있지만 그건 CEO가 되었을 때의 일이고 거기까지 가기 위해 같은 여성으로의 연대나 도움을 기대하기는 어렵다. 남성의 경우처럼 서로 선후배를 밀어주고 끌어주는 여성 선후배 간의 끈끈함을 찾기란 쉽지 않다. 그러다 보니 직장에서 여성들은 친구나 사적인 선후배 관계로 남을 뿐 정작 일에 들어서면 남자의 바다에 떠 있는 '섬' 같은 존재가 되기 쉽다. 왜 이럴까?

동종 업계 여성끼리 모임을 만들거나 사내에서 여성 네트워크를 만들어서 서로 돕고 정보도 제공하다 보면 내가 성장할 수 있는 기회가 많아지는데 이게 말처럼 쉽지가 않다. 한 여사장이 동종 업계 여성들을 모아서 여성 연대를 만들고 싶었는데 모임이 활성화되지 않더라는 이야기를 하면서 여성들의 참여율이 저조하다고 했다. 생각해보면 나조차도 직장생활을 하면서 가장 강한 연대감을 가진 모임은 비슷한 또래의 아이를 둔 엄마들의 모임이었다. 뭘 먹여야 하는지, 이유식은 뭘 해야 하는지, 유치원은 어디가 좋은지 등의 정보 교환이 긴밀하게 이루어졌고 연대감도 쌓여갔다. 그러나 일에 있어서 여성들과 연대해서 어떤 인맥을 만들어나가야겠다는 생각을 주체적으로 가져본 적은 없다.

헤드헌팅 업계에서 지금도 열심히 올곧게 일하는 선배를 만났다. 사람과 회사를 연결시켜주는 일을 30년 가까이 해온 매력적인 여자 선배이다. 그 선배는 아마 내가 아는 어떤 사람보다 많은 이력서와 다양한 직종의 사람들과 회사들을 접하는 사람이다. 분식집 개 3년이면 라면을 끓인다는데 30년간 사람들을 만나고 이력서를 검토한 후 그들에게 적절한 회사의 자리를 찾아주는 일을 했으니 적어도 경력 관리에 관해서라면 최고의 전문가인 셈이다.

그 선배에게 물었다. "선배, 도대체 왜 성공한 여자들은 조직적으로 정치적으로 서로를 이끌어주지 못할까요? 왜 여자들은 남자들보다 더 오래 회사에서 살아남지 못하는 걸까요? 왜 성공한 여자들 속에서 근사한 여자를 만나기가 쉽지 않을까요?" 그 선배의 대답은 "내가 보기에 적어도 이 땅에서 성공이라는 걸 한 여자들은 남자들의 룰 속에 각개전투를 하며 홀로 살아남기 위해 주변을 둘러볼 여유가 없었어. 그러나 앞으로는 점점 쉬워질 거야. 여자가 사회에 더 많이 진출할수록 여성에게 더 익숙한 환경이 되어갈수록 더 많은 여자들이 더 오래도록 살아남을 수 있다고 믿어"였다.

그렇다. 나 또한 각개전투를 하며 열심히 살아남는 것에 열중하느라 많은 것들을 놓치고 살았다. 그러나 분명 나는 그 선배보다 훨씬 편한 환경에서 일하고 있을 것이고 앞으로 나의 후배들은 더 여유로운 환경에서 일할 수 있을 것이다. 그러기 위해서 더 많은 여자 선배들이 더 많은 직종에서 의연히 자신의 길을 가야 한다.

일하는 여성들끼리의 연대는 생각보다 중요하다. 상상해본다. 지금의 사회에서 여성과 남성의 비율이 반반만 되어도 조직의 규칙들이 훨씬 더 여성 중심적으로 움직일 것이다. 여성은 여성 네트워크를 만드는 것이 미래에 대한 투자라고 생각하지 않는다. 여성에게 우선순위는 지금 하는 일에 최선을 다하는 것이고 결혼이라도 할라치면 그 다음은 가정생활과 육아가 관심의 대부분을 차지한다. 싱글인 여성들에게는 일과 연애가 관심의 우선이고 시간이 허락된다면 친구들과 사적인 모임도 가진다. 여성들은 '우리끼리'의 성공을 위한 비즈니스 조직을 만들거나 정규 모임을 갖거나 하다못해 사내에서 모임을 만들어 자체 인맥 관리를 해야 한다는 생각이 부족하다. 사내 여성 대리들의 모임을 만들어서 과장 승진을 하려면 어떤 정보가 중요한지, 요즘 회사의 주요 프로젝트들은 어떻게 돌아가고 있는지, 혹 내가 놓치고 있는 기회가 있는지를 살펴보기 위해 정기적으로 시간을 내야 한다는 생각을 하지 않는다. 나 또한 동료가 입고 있는 옷을 어디서 샀는지, 사내 스캔들의 다음 스토리는 어떻게 진행되는지 그런 것들에 더 열을 올렸지 여자 동료들과 모여 회사 관련 이야기를 진지하게 해본 기억이 없다.

나는 서른 중반을 넘기 전까지 여성 동료들이 사회적으로 성공하는 것에 대해 질투를 느낀 기억도 없지만 진심으로 기뻐해준 기억도 없는 것 같다. 내 주변에 성공한 동료들이 있다는 것이 내가 사회생활을 하는 데 얼마나 큰 강점이 되는지를 몰랐던 것이다.

직장생활을 한참 먼저 시작한 선배의 말이 '성공했다는 것은 내가 어떤 자리에 있느냐도 중요하지만 내 주변 사람들이 어떤 자리에 있느냐의 의미'이기도 하단다. 지인들이 함께 성공하고 함께 높은 지위에 오르면 내가 할 수 있는 일들도 덩달아 많아진다. 여성적 감성을 공유해 일에 대해 공감하기도 쉽고 빙빙 돌아 처리해야 할 일도 전화 몇 통화로 간단히 끝나기도 한다. 당신 주변의 여성들이 성공한다면 당신이 패배하는 것이 아니라 내 외연의 영역이 넓어지는 것이다.

성공하고 싶은가? 그러려면 주변에 성공한 여성들이 많아야 한다. 그러기 위해서는 여성들끼리도 충분히 정치적인 이익 집단을 구성해서 미래를 보는 투자를 할 수 있어야 한다. 뭘 입을지, 먹을지, 어떤 남자가 이상형인지, 아이는 어떻게 키울지, 그런 이야기를 하는 모임은 스트레스 해소와 생활의 팁은 되겠지만 당신의 경력 관리에는 도움이 되지 않는다. 업계가 어떻게 돌아가는지, 네가 아는 것은 무엇이고 내가 아는 것은 무엇인지 정보를 종합해보고, 지금 우리는 무얼 준비해야 하는지 고민해보고, 지금 내가 하는 프로젝트에 도움을 줄 사람이 있을지, 다른 업계의 어떤 여성을 만나보면 다른 관점의 접근법을 발견할 수 있을지 그런 것들을 의논하며 서로에게 신선한 자극이 되는 자리들을 만들어야 한다.

여성이 진심으로 잘되기를 바라는 마음으로 도와주고 서로 밀어주자. 겪어보면 여자가 남자보다 훨씬 더 의리 있다는 것을 알게 될 것이다.

네트워크,
그거 별로 중요하지 않다

언제부터인가 노하우(know-how)보다 노웨어(know-where)를 아는 게 중요하다는 생각이 들었다. 내가 모든 노하우를 가질 수 없다면 어디에 누가, 필요한 무엇이 있는지를 알아서 그것을 연결시키는 네트워킹(net-working) 능력이 더 중요하다는 말이다. 모든 일의 처음과 끝은 '사람'인지라 노웨어를 잘하려면 좋은 네트워크를 가져야 한다는 생각이 먼저 드는 게 사실이다. '가능하면 많은 사람들을 만나서 정보를 얻고 인맥을 쌓는 것이 중요하다. 지금 당장은 아니라도 알아두면 좋을 것 같은 사람들과의 자리를 갖는 것도 미래를 위한 투자다.' 한때 나는 이런 생각에 오지랖 넓게 여기저기를 기웃거렸다. 지금 생각하면 젊었기 때문이기도 했겠지만 새로운 것에 대한 호기심도 있었고 무엇보다 그때쯤 읽었던 『인맥 관리의 비결』『인맥의 중요성』 등의 책들의 영향이 컸던 것 같다. 제대로 알진 못하지만 '세상 사람들이 네트워킹이 그토록 중요하다는데 그러면 나도 잘해야 하지 않나'라는 막연한 불안감이 있었다. 그러나 나는 핵심을 놓치고 있었다.

대한민국에서 인맥 하면 가장 먼저 떠오르는 것이 학연이다. 그러나 나는 부산의, 그것도 신생 고등학교를 나왔기 때문에 대한민국에 만연한 고교 동창회 같은 인맥이 없다. 그러고 보니 나의 모교는 아직도 동창회를 하지 않는 것 같다. 거기다가 한국에서 대학을 나오지 않은 나로서는 대학 선후배가 있는 것도 아니었다. 내가 졸업한 서부 호주의 머도크(Murdoch)대학 역시 내 이전에도 이후에도 여자 한국 유학생은 나 하나였던 시골의 대학으로 강력한 유학동창회 라인 같은 게 만들어질 리가 없었다. 그래서 사회생활 초기에 나는 무조건 여기저기 기웃거려보기로 했다. 다행히 광고회사라는 곳이 맘만 먹으면 여러 종류의 다양한 사람들을 만날 기회가 많은 곳이었기에 그건 그리 어렵지 않았다. 그리고 이어진 무수한 술자리들과 끝도 없이 많은 모임들을 15년 넘게 거친 후에 내가 내린 결론은 'net-working, 그거 생각만큼 중요하지 않다'는 거다. 막연히 알아두면 좋을 것 같은 사람들이 있는 자리. 그런 자리는 결국 인생에 썩 도움이 안 된다. 막연히 알아두는 사람은 막연히 끝날 뿐이다.

내가 중심에 서지 않는 네트워킹은 필요가 없다. 먼저 나를 찾고 네트워크를 찾아야 한다. 인생에서 얼마나 많은 사람들을 아느냐가 아니라 소수의 사람들이라도 얼마나 깊게 아느냐가 훨씬 중요하다. 스스로 가진 것 없이 아는 사람들만 많다는 게 무슨 의미가 있는가? 수많은 모임들보다 나를 돌아보고 내 속에 나만의 세계를 만들어가는 것이 더욱 중요하다. 그런데 안타깝게도 인맥관리를 이야기하는 책 그 어디에도 이런 충고는 없었던 것 같다.

한참 사람들을 만나고 다닐 때다. 그때는 누가 저녁 약속을 하자고 하면 농담처럼 "적어도 2주 전에 예약해. 이미 저녁 스케줄이 다 찼어"라고 말하곤 했다. 얼마나 밖으로만 다녔으면 우리 회사에 광고를 찍으러 당시 최고 아이돌인 '룰라'라는 그룹이 왔는데 몰라보고 누구시냐고 물었을 정도였다. 그때는 거손을 거쳐 코래드라는 광고회사에 다니고 있었는데 거기에는 광고를 직접 제작하는 한국비전이라는 자회사가 함께 있었다. 따라서 모델들을 볼 기회가 많았는데 난 대부분 그들을 알아보지 못했다. '바보상자 따위는 보지 않는다'라는 고상한 이유가 아니라 순전히 텔레비전이 끝나기 전에 집에 들어간 적이 없어서 그랬던 것이었다.

제스프리의 지사장 직함은 내게 더욱 다양한 사람들을 만날 기회를 제공했다. 우선 뉴질랜드 기업이 한국에 많이 진출해 있지 않은 상황이어서 뉴질랜드 관련 행사들에 자주 참석해야 했다. 그런 행사에서는 기업가나 정치가 등 새로운 부류의 사람들을 만났다. 개인적으로도 가까워진 예술인 모임도 있었고 신출 정치인 모임도 있었고 기자와 피디들의 모임도 있었다. 그중 신출 정치인 모임에서 알았던 몇몇은 지금 국회의원이 되기도 했고 이제는 팀장급이 된

기자들의 기사나 피디들의 프로그램을 종종 접하기도 한다.

또한 그때 기인이라고 생각했던 사람들 중에는 지금은 유명한 연예인이나 예술계 인사가 된 이들도 있다. 내가 아는 이들, 아니 여러 자리에서 부딪혔던 이들의 이름을 나는 TV에서, 신문에서, 미용실 월간지들에서 자주 보게 되었다. 그러니 나의 네트워킹은 근사한 걸까? 아니, 결국 나는 지금 그들과 아무런 상관없이 살고 있다. 현대의 삶에서 만난 많은 인연들은 단지 한때 스쳐가는 사람들일 뿐이다. 스쳐가는 건 나의 네트워킹이 되지 않는다. 내가 그 사람들을 몇번 만났다고 해서, 막연히 아는 사이라고 해서, 나의 삶에 그리 많은 도움이 되지 않더라는 이야기다. 물론 사람들을 알아간다는 건 어느 정도 사회생활을 편하게 해준다. 복잡했던 일도 아는 사람을 통하면 쉽게 해결되고 내가 모르는 누군가와도 지인을 거치면 어찌어찌 연결될 방법이 찾아지기도 한다.

하지만 내가 준비되지 않은 상태에서 사람들을 만나면 스스로의 착각을 부풀릴 가능성이 있다. 내가 특수 부류의 사람들과 알고 지낸다는 사실에 마치 내가 무엇이라도 된 듯 우쭐하게 된다. 그 마음을 겉으로 드러낼 만큼 망가진 모습은 아니었지만 그동안 내 속에 나의 네트워킹에 대한 투자만큼의 교만이 쌓여가고 있었음을 부인할 수 없다.

나는 뉴질랜드 장관들이나 대사들과 한국 정치인들이 함께하는 저녁 자리 또는 세미나 자리에서의 단편적 대화나 정치부 기자들과의 자리에서 듣게 되는 이야기들로 마치 내가 한국의 정치와 그 온갖 배경들을 다 아는 척했다. 기업 하는 사람들 몇을 아는 걸로 한국 경제 문제를, 이 정권의 경제 정책을, 더 나아가 금융 자본주의 이후의 경제 질서를 고민하는 듯 굴었다. 가끔 진지하게 이 시대를 고민하는 이들을 만나기도 하는데 그럴 때면 21세기 금융자본의 시대에 대한민국 강남에서 좌파로 살아간다는 그럴싸한 포장에 대해 경박한 시니컬을 표방했다. 최악이었던 것은 무슨 연예인이 어떠했다는 연예가 뒷담화를 흘리면서 마치 내가 남들이 모르는 고급 정보를 가진 양 우쭐했다는 것이다. 광고계의 특성상, 또 제스프리에서 몇 년에 걸쳐 키위 광고를 제작하면서 연예인들을 만날 기회가 많았으니 아는 연예인들이 있기도 했다. 그들을 통해 들었던 그 세계의 이야기가 무에 그리 신나는 정보라고 아는 척을 했었는지 지금 생각하면 얼굴이 화끈거린다.

매력적인 '내'가 되어
네트워킹하라

내가 아는 이 중에 정말 많은 네트워크를 가진 두 사람이 있는데 이들은 몹시 대조적이다. 한 사람은 홍보 관련 일을 하는데 아마도 대한민국 기자들을 가장 많이 아는 사람 중 하나일 것이다. 어떤 모임에서 그를 만나게 되었는데 당시 그는 업계 관련 대소사마다 빠지지 않았고 결혼식장과 장례식장에 가느라 자신의 주말을 포기했다. 그 사람의 문제는 언제나 대화의 90퍼센트 이상이 "내가 언제 어느 기자를, 어느 정치인을, 어느 피디를 만나서 어떻게 했다"라는 것이다. 처음에는 그의 말들이 재미있고 신선했다. '대단하네. 언제 이렇게 많은 이들을 만난 걸까?' 하는 생각이 절로 들었다. 그러나 만남의 횟수가 많아질수록 점점 그 사람과의 대화가 지루했다. 나만이 아니라 다른 이들도 그를 피곤해하기 시작했다. 그와의 대화는 항상 그가 아닌 다른 누군가의 이야기로 채워졌고 그 공허함을 참을 수 없었던 우리는 어느 순간부터 그를 모임에 초대하지 않았다. 암묵적 동의 비슷한 것이 이루어진 것이다. 그 사람은 여전히 자신이 아는 많은 사람들의 목록이 자산이라고 생각하며 살고 있을까? 어쩌면 지금쯤 그도 자신에 대해 회의를 느끼고 있을지 모를 일이다.

그와 대조를 이루는 또 다른 인물의 네트워크 능력은 본인의 고유한 색깔에서 나온다. 나는 한 번도 그가 누군가를 만나기 위해 분주한 것을 본 적이 없다. 그는 누구보다 많은 사람을 알지만 그가 아는 이들에 대한 이야기로 대화를 이끌어나가지 않았다. 그에게 있어 가장 중요한 것은 스스로를 만나는 것, 스스로를 들여다보는 것이었다. 그를 만난 후 한동안 나를 돌아보게 되었다. 나는 항상 누군가를 만나고 이야기를 들어주고 내 이야기를 하느라 바쁜 일상을 보냈고 아는 이들의 폭이 넓다고 자부했다. 그러나 그는 그토록 많은 네트워크를 가지고 있음에도 항상 시간과 여유가 있었다. 저녁 약속은 한 달에 두어 번에 불과했고 어떤 약속들에도 얽매이지 않았지만 그의 주변에는 늘 나보다 훨씬 많은 이들이 있었다. 도대체 그의 비결은 무엇이었을까?

사람들이 알면서도 실천하지 못하는 것을 그는 실천하고 있었다. 사람과 사람의 만남이 횟수가 많아진다고 해서 더욱 가까워지는 것은 아니다. 1년에 또는 몇년에 한 번을 만나더라도 충만한 만남이어야 하는 것이다. 그 사람은 주변 사람들을 자주 만나지는 않지만 만날 때만큼은 진정으로 대했다. 함께 아파해주고 함께 분노해주고 그리고 무엇보다 상대를 위해 진심 어린 쓴 소리를 했다. 그는 돌아서면 고맙지만 앞에서는 견디기 힘든 쓴 소리를 하는 사람이었다. 때문에 그와의 만남이 편안하고 유쾌한 자리는 아니었지만 적어도 공허하지는 않았다. '이 땅에 아직 자신의 진정성을 지니고 사는 사람이 있구나' 하는 생각이 들게 만드는 사람이었다.

그를 통해서 나는 진정한 네트워킹이란 내가 중심에 있어야 하는 것이라는 것을 깨닫게 되었다. 그래서 감히 말하고 싶다. 사람들을 만나서 네트워킹할 시간이 있으면 본인에게 투자하라고 말이다. 사람들이 만나고 싶어하는 매력적인 사람이 되어야 한다. 누군가를 얻고 싶다면 그를 두 번 만날 시간에 한 번은 나를 만나야 한다. 그리고 가능하다면 '많은' 사람들보다 '선별된' 사람들을 만나야 한다. 선의든 악의든 경쟁할 수 있는 사람들과 부딪혀야 한다. 그리하여 끊임없이 나를 자극하고 깨어 있게 만들 때 나를 중심으로 하는 진정한 네트워킹이 시작될 것이다.

04

성공하려면 일 잘하는 여자보다 정치 잘하는 ← 여자가 돼라

근무 조건과 연봉을 당당하게 따져보라 | 사회생활은 갑과 을로 구분된다 | 사내 정치는 반드시 필요하다 | 상사는 상사인 이유가 있다 | 솔직한 게 자랑인가, 이미지는 실제다 | 소소한 일을 잘해야 큰일 할 기회가 온다 | 회사의 비전이 나의 비전인가? | 내가 중요한가, 나의 팀이 중요한가? | 스스로 잘난 척하지 않으면 아무도 알아주지 않는다

근무 조건과 연봉을
당당하게 따져보라

제스프리와 처음 면접을 본 후 별다른 연락이 없이 2주가 지나갔다. 반쯤은 제스프리의 취업을 포기하고 있던 내게 일본에서 전화가 왔다. 다음주에 일본에서 있을 컨퍼런스에 참관자로 와달라는 것이었다. 취직이 된 건지 아닌지에 대해서는 아무런 언급도 없는 뚱딴지 같은 제안이었다. "그러지 뭐." 아마 그때 내 심정이 이랬던 것 같다. '비행기 표도 주고 숙박까지 제공한다는데 공짜로 일본 여행하면 손해볼 건 없지 않을까?' 하는 생각이었다.

일본 사무실에서 아시아 사장 유잔 첸을 만났다. 내 면접 때 조용히 앉아 있던 유일한 아시아인. 알고 보니 그가 아시아 사장이었고 일본을 비롯해서 한국과 중국까지 아시아 전역의 책임을 맡고 있었다. 그 사람 말이 나와 일하고 싶은 이유는 단 하나, 무작정 유학을 떠난 나의 무모함을 사겠다는 거였다. 그리고 그가 내민 계약서. 정식 취업 계약서가 아니고 일단은 드리프트니 나중에 다시 정식 계약을 체결하자고 했다. 그게 이후 10년간 나와 제스프리가 쓴 유일한 계약서였다. 그렇게 일본에서부터 예고 없이 시작된 나의 제스프리 생활이 10년 동안 계속될 거라고 그때는 생각조차 하지 못했었다.

돌이켜보면 아쉬운 것은 계약서의 조건들을 잘 챙겼어야 한다는 것이다. 그때는 계약서 같은 걸 따지는 건 의미가 없다고 생각했다. 새로운 일을 시작한다는 사실에 들떠 있었고 열심히 해보고 싶다는 의욕이 앞서 있었다. 고용계약이야 뭐 그렇고 그런 뻔한 이야기들이 아닌가라는 생각에 고용계약의 중요성을 몰랐다. 이후에도 나는 별다른 생각 없이 일만 열심히 했다. 계약조건을 바꾼다든가 스스로의 가치를 알아보기 위해서라도 회사와 재계약의 조건들을 협의해야 된다는 생각을 하지 못했다. 단지 '내가 열심히 일하면 알아주겠지. 내가 한국 시장을 많이 키우면 인정해주겠지'라는 순진한 생각만으로 나의 성의가 통할 거라고 생각했다. 한국 시장은 내가 기대했던 것 이상으로 성장했다. 그러나 '열심히 하면 알아주겠지'라는 나의 바람은 순진한 꿈이었음을 깨달았다.

내가 한 착각 중 가장 큰 것은 회사는 '조직'이라는 걸 몰랐다는 거다. 처음 제스프리라는 브랜드를 세계 시장에 내놓으면서 "함께 열심히 만들어보자. 우리가 한번 성공시켜보자"라고 서로 어깨를 다독여주던 동료들 중에 아직까지 남아 있는 이들은 거의 없다. 내가 열심히 했다는 것은 물론 내 자신이 알아준다. "희정아, 너 열심히 일했어"라고 칭찬하는 스스로에 대한 확신 그것은 더할 나위 없이 귀중한 자산이다. 그러나 그것만으론 부족하다. 회사생활이 봉사 활동이 될 수는 없다.

'어떤 일이건 사람이 우선 한다.' 이건 변할 수 없는 나의 원칙이다. 그러나 회사는 '계약'의 관계다. 고용 또한 계약이다. 나는 '열심히 하면 알아주겠지'가 아니라 어느 한 시점에 돌아보며, 한국 시장이 성장하는 데 따른 나의 보너스와 시장을 키운 것에 따른 보상을 회사가 제공할 의향이 있는지 등을 따져보아야 했었다. 내가 만약 시작할 당시 '급여는 적어도 좋다. 단, 회사가 성장하는 데 따른 인센티브를 원한다'라는 조건을 내세웠다면 2006년의 내 연봉은 꽤 달라졌을 것이다. 1997년 IMF 시절에 당시 미국 달러로 연봉을 계약했다. 당시 1달러에 1800원이었기 때문에, 내 연봉은 1달러가 1000원이 못 되는 2006년에도 그다지 오르지 않은 셈이다. 그동안 제스프리의 매출은 50만 달러에서 5천만 달러 가까이 열 배 이상 올랐지만 내 연봉 상승은 미미한 수준이었다.

문제는 스스로 그런 조건들을 따진다는 게 왠지 치사하게 느껴졌고 가만 있어도 누군가 알아서 해주리라는 막연한 기대감만을 가졌다는 점이다. 가만히 있으면 회사는 절대 알아서 해주지 않는다. 누구도 그럴 여유가 없기 때문이다. 내가 지난 시절 나의 채용 조건들에 대해 소리 내어 회사와 따지고 내게 유리한 조건을 만들기 위해 노력했어도 누구도 나를 비난하지 않을 것이다. 내가 뉴질랜드에서

까다로운 매니저 소리를 들어가며 제품의 품질과 물량을 위해서 논쟁했던 여력의 10%라도 나의 고용 조건들을 따져보는 데 사용했다면 어땠을까?

막상 제스프리를 떠나면서 드는 생각이 '왜 나는 내가 챙길 수 있는 것들에 대해서는 그리 무심했을까' 하는 반성이었다. 물론 고용 조건들을 일일이 따져가며 일했다면 그리 열심이었을까 하는 생각도 들지만 그래도 일의 대가를 따진다는 것이 꼭 치사한 것만은 아님을 조금 더 일찍 알았더라면 하는 아쉬움은 남는다. 회사를 위해 유능하게 일하고 있는가? 그렇다면 소리 내어 내가 원하는 요구조건을 말해야 한다.

사회생활은
갑과 을로 구분된다

사회에 처음 나오면 가장 먼저 느끼는 것이 이 사회의 관계들이 '갑'과 '을'로 이루어졌다는 사실이다. 갑과 을이라는 말은 고문서에나 존재하는 단어인 줄 알았는데 그게 아니었다. 사회에서 갑은 누군가에게 일을 주는 입장이고 을은 일을 받아서 하는 입장이라는 뜻이다. 때문에 대부분 갑이 을보다 우위에 서게 마련이다.

제스프리는 뉴질랜드 전체 키위를 독점 판매하는 회사이다. 한국에서 키위, 흔히들 참다래라고 하는 한국산 키위는 가을을 거쳐 수확되어 11월에야 한국 시장에 나온다. 그렇기에 5월에서 11월 사이에는 뉴질랜드산으로 판매할 수밖에 없고 그런 이점으로 인해 제스프리는 비교적 좋은 갑의 위치를 가질 수 있었다.

제스프리를 시작하고 당면한 문제는 가락동 농수산물 시장을 이해해야 한다는 것이었는데 이게 만만치가 않았다. 농산물 도매시장 경력이 30년 이상이나 되는 베테랑 사장들이 이제 갓 스물아홉을 넘긴 여자와 비즈니스를 하고 싶었겠는가. 그곳에서는 기본적으로 5년 이하의 경력자와는 말도 섞지 않는 분위기였다. 그리하여 나는 대부분의 성공 자서전에서 볼 수 있는 많은 고난의 과정들을 거쳐 그 시장에 익숙해지기 시작했고 농산물 마케팅을 배워나갔다. 요즘 유행하는 말로 '안 되는 게 어디 있니?'라는 정신 무장 상태였다. 일을 하면 할수록 정작 '어려운 일'이라는 건 별로 없다. 대부분은 어려운 '사람'이 있을 뿐이다.

제스프리에서의 10년 동안 나는 소위 말하는 시장 사람들과도 관련 업계 사람들과도 누구와도 잘 어울릴 수 있다는 착각 속에 살았다. 이 말의 전제부터 내가 우월하다는 의미를 담고 있다. 상대에 대한 작은 비교 우위에서 나는 겸손하지 못했다. 그래서 나는 점점 내가 어울리는 사람들보다 작아져갔다. 한두 해면 떨어져 나갈 거라고 생각되던 당돌한 여자가 과일 업계에서 자리를 잡아가자 사람들은 나에게 호의적이 되어갔다. 당시는 칠레와의 FTA 협정 이전이어서 칠레 키위도 없던 시절이었으므로 제스프리는 시장 규모를 늘려가면서 독과점 품목이 가지는 영향력도 행사한 것이다.

제스프리라는 회사, 그리고 한국 지사장이라는 타이틀에 대한 호의를 나는 내가 친절해서 내가 일을 잘해서 이루어낸 것이라 믿으며 도취되었다. 갑의 생활 10년이 나에게 남긴 것은 어설픈 권위의식이었다. 그 속에는 나름대로 상대에게 친절했다는, 이성적으로 공평했다는 교만이 숨어 있다. 쓴 소리를 들으면 충고라기보다 잘 몰라서 하는 말이라고 치부했고 직원들에게도 일방적으로 지시하는 일들이 많아졌다. 어린 나이에 주어진 작은 완장. 나는 그것에서 자유로울 만큼 성숙하지는 못했다.

직장생활을 하다 보면 내가 갑이 될 때가 있고 또 을이 될 때가 있다. 단지 회사가 주는 손톱만 한 지위임에도 불구하고 을 회사의 사람보다 내가 우위에 있다고 느끼는 것을 경계해야 한다. 내가 갑이면서 을에게 친절하게 대한다는 착각은 더욱 위험하다. 그건 더 큰 교만이기 때문이다. 10년 뒤 근사한 직장인의 모습으로 여유롭고 경직되지 않는, 그래서 후배들이 여전히 술 한 잔 같이하고픈 선배로 남고 싶다면 갑과 을이 아니라 사람을 보아야 한다. 그리고 진심으로 물어야 한다. 내가 지금 누군가에게 친절하다고 생각한다면 그것이 혹 나의 교만이 아닌지 생각해보라. 내가 혹 누군가를 욕하고 있다면 내가 그 사람을 닮아가는 것은 아닌지 생각해볼 일이다. 어느 날 나의 자리가 갑에서 을이 되거나 을에서 갑이 되더라도 내가 나로 남을 수 있는 사회생활을 하고 있는가. 주변의 사람들에게 나는 갑의 누군가가 아니라 어떤 일을 하던 누군가로 기억될 수 있는지를 돌아보자.

사내 정치는
반드시 필요하다

사회 초년병 때는 일만 열심히 하면 된다고 생각하지만 몇년이 지나면 점점 사내에서도 정치가 필요하다는 것을 알게 된다. 아랫사람이 한둘 생기고 동료들과도 승진 경쟁을 해야 하는 시기가 오면 이때부터 사회생활의 일정 부분은 업무 능력이 아니라 정치력으로 평가받게 된다.

나의 첫 직장은 상대적으로 분위기가 자유롭다는 광고회사였고 그 후에는 제스프리에서 1인 사장 겸 직원으로 일했기 때문에 별 다른 눈치를 볼 일이 없어서 나는 사내 정치에 대해 무지했다. 솔직히 일만 잘하면 됐지 그런 것에 일일이 신경 쓰는 게 그릇이 작아 보이기도 했다. 뉴질랜드의 이사진들이 어떻게 바뀌건 조직의 모습이 어떻게 개편되건 나는 무관심했다.

동료들 모두가 내 편이 아닐 수도 있고 누군가는 나의 경쟁자가 될 수도 있으며 또 누군가는 겉으로 웃으며 이야기하지만 나의 실수를 바랄 수도 있었음을 알아차리지 못했다. 여성들은 주로 이런 사내 정치에 약한 모습을 보인다. 왜 그런지는 모르겠다. 단지 이것이 한국만의 문제라면 '대한민국 남자들은 군대에서 조직에 무조건 절대 복종하고 내부적으로 적당히 줄 잘 서야 한다는 것을 체험하고 나와서 그렇다'라고 치부해버릴 수도 있지만 적어도 내가 보기에 이건 한국만의 현상이 아니다.

　제스프리 본사 교육의 일환으로 호주 대학의 교수님을 초청해서 21세기 여성의 사회생활에 대해 강연을 들은 적이 있다. 그때 그분의 이야기가 통계적으로 남자 직장인들은 업무의 우선순위를 '내가 누구의 라인에 속하는 사람인가'를 파악하는 데 둔다고 했다. 그래서 먼저 자신의 상사가 누구인지, 조직의 명령 계통은 어떠한지를 파악하고 자신의 선택은 어떠해야 하는지를 결정한 다음 업무를 시작한다고 했다. 이에 비해 여성들은 '자신에게 주어진 업무가 무엇인지, 이 일을 잘하려면 어떻게 해야 하는지'를 먼저 고민한다고 한다. 그래서일까? 주변에서도 업무적 능력에서 남성보다 뛰어나지만 결국 승진의 기회는 여성보다 남성에게 더 많이 돌아오고, 뛰어난 업무 능력을 가진 여성이 뛰어난 정치력을 가진 남성의 부하 직원으로 그들의 모자라는 업무 능력을 보충해주는 것을 많이 보게 된다. 어떤 이유에선지 세계적으로 여성들은 일 자체에 그리고 남성들은 파워 게임에 더 많은 관심을 가지게 되는 것 같다. 나는 여기서 무엇이 올바른 것이라고 말할 수는 없다.

　분명한 것은 사내 정치와 회사 내부의 파워 게임은 결코 치사하거나 그릇이 작은 사람들의 일이 아니라는 것이다. 누가 어떻게 줄을 서고 어떤 일들이 내 뒤에서 진행되는지 알고 있어야 한다. 순수하다는 건 무지하다는 것과 다르다. "난 그런 더러운 판에 끼고 싶지도 알고 싶지도 않아요." 그렇다면 집에서 잘 쉬면 된다. 사내 정치에 내가 적극적으로 가담하지는 않더라도 적어도 돌아가는 상황은 훤히 보고 있어야 한다.

　직장생활 동안 나는 이력서에 쓰기 미안할 만큼 채 1년을 채우지 못한 짧은 경험이 있다. 내부 정치를 철저히 무시한 결과였다. 직장생활 5년 차였나. 대리 직함을 달게 되었고 아래 직원이 처음으로 생겼고 내가 책임을 지는 프로젝트들을 진행하게 되었다. 나는 신났고 무슨 일이건 다 할 수 있다는 자신으로 가득했다. 드비어스 다이아몬드의 홍보를 맡아 아프리카나 영국으로의 출장들이 시작되었고 하얏트 호텔의 그랜드 볼룸을 빌려서 다이아몬드 패션쇼를 개최했다. 바야흐로 내가 이제 일 좀 하게 되는구나! 막 뿌듯해지려던 때였다. 그때 나는 나의 상사를 도저히 인정할 수가 없었다. 도대체 저 사람 밑에 있다는 것이 싫었고 그 사람에게서 배울 것이라곤 하나도 없어 보였다. 아니 그걸 넘어서 그 사람과 함께 일한다는 사실이 싫은 지경에까지 이르렀다.

　당시 그 상사는 나름의 방식으로 나를 예뻐했고 내 능력을 인정한다며 마음껏 일을 해보라고 했지만 나는 그와 함께 일하기가 싫었다. 사생활까지 파고드는 상사의 간섭이 싫었고 인간으로 그를 존경할 수 없다는 생각이 떠나지 않았다. 그래서 나는 사장과 면담을 요청했고 도저히 그 사람을 상사로 인정할 수 없다는 요지의 입장을 정리해서 전달했다. 나는 그때 사내의 사람들이 가지고 있던 그 이사님에 대한 생각을 대변한다는 정의감에 우쭐해 있었고 내가 올바른 일을 한다고 믿었다.

다음날 상사는 나를 미팅룸으로 불렀다. "김희정 대리, 세상에 대해 웬만큼 안다고 생각했는데 당신 생각보다 너무 순진하네." 그가 말한 전부였다. 나는 일주일 후에 회사로부터 공식 서한을 받았다. 아직까지 버리지 않고 가지고 있는 그 편지에는 당시 회사 사장의 날인으로 이런 글이 적혀 있었다. "김희정 씨, 우리는 귀하가 본인에 대해 생각하는 것만큼 당신이 유능하다고 생각하지 않습니다." 그 후 나는 그 회사의 주요 고객이었던 내 담당 클라이언트의 업무에서 빠지게 되었고 한 달 뒤 회사를 나왔다. 세월이 많이 지나서 당시의 사장이 내게 사과의 전화를 걸어왔지만 나의 용기를 응원해주었다고 믿었던 동료들이 여전히 그곳에 남아 직장생활을 잘 해내는 모습을 보면서 내가 정치적 미숙아였음을 깨닫는 것은 사내 정치보다 훨씬 간단한 일이었다.

나는 그때 내가 존경할 수 없다고 생각했던 상사가 곧 회사의 파트너 지위로 올라간다는 사실을, 그리고 내가 모르는 중요 업무들을 그가 책임지고 있음을 간과했다. 단지 내 눈에 보이는 그의 작은 결점들을 참아 넘기지 못한다는 이유만으로 회사가 이제 겨우 대리

급인 직원과 이사를 바꿀 수는 없다는 것을 알지 못했다. 내가 그런 발언들을 우쭐하게 하기 전에 내 자리가 어떠한지를 생각했어야 했다. 내가 아니면 안 된다고 생각했던 나의 업무가 누구라도 대체할 수 있는 것이라는 것을 나는 미처 알지 못했다.

제스프리에서의 초창기 시절 내게는 두 사람의 상사가 있었다. 조직이 묘하게 돌아가서 나는 두 사람의 상사에게 똑같이 리포트하고 결제를 받아야 했는데 문제는 두 사람의 사이가 썩 좋지 않았다는 거였다. 한 사람의 말을 따르는 것은 다른 사람을 배신하는 것 같고 그렇다고 두 사람의 상반된 의견을 그대로 따를 수도 없으니 누구를 선택해야 할지 난감했다. 일 처리 방식이 극과 극인 상사들이 내게 각자 상대에 대한 불평을 터트리는 상황. 어떻게 둘 모두에게 의리를 지킬 수 있을지 곤란함의 연속이었다. 그러나 지금 생각해보면 그건 문제가 아니었다. 두 사람의 상사가 아니라 그보다 더 많은 상사라고 해도 모두 조직에 속해 있는 거였고 적절히 처신하면 되는 거였다. 결혼 상대자를 선택하는 것도 아니고 이 사람 아니면 저 사람 같은 극단적인 한 사람을 선택할 필요도 없었다. 두 사람의 상사 중 한 사람에게만 충성해야 한다고 생각했던 내 미숙한 정치력이라니.

아시아 담당 이사가 한국을 방문할 때였다. 몇시 몇분 비행기로 서울에 도착한다는 이메일을 받은 나는 친절하게 그에게 공항에서 호텔까지 가는 차편을 알려주었다. 1번, 공항버스―저렴하지만 기다려야 할 수도 있다. 2번, 일반 택시―가끔 불친절한 기사를 만날 수도 있으나 가격은 중간 정도다. 3번, 모범 택시―가장 비싸지만 서비스가 좋다. 그때 그가 나에게 요구했던 것이 공항으로 마중 나와 달라는 신호였음을 모르지는 않았다. 그러나 일상적으로 돌아가는 일들이 바빴고 일손이 딸리는데 도와주지는 못할 망정 쓸데없이 시장 방문이나 하는 전형적인 책상머리 스타일의 이사가 맘에 들지 않았다. 그러나 중요한 건 그가 나를 맘에 들어하지 않을 수 있다는 것이지 그에 대한 나의 생각이 아니었다.

제스프리 신임 회장의 한국 방문 시 나는 조금 더 친절해지기로 했다. 호텔에 나가서 한국 돈이 없다는 그에게 5만 원을 쥐어주며 공항버스에 태워보내는 친절을 발휘하기도 했으니 말이다. 아마도 그들은 다른 나라에서는 훨씬 더 좋은 대접을 받았으리라. 나는 그들에게 공항 영접 따위의 서비스가 아니라 일로 인정받고 싶었다. 일보다 의전이 더 중요할 수 있음을 알면서 모른 척 고집을 부리고 싶었다. 그들이 나의 인사권과 내 직속 상사의 인사권까지도 좌지우지할 수 있음을 알면서도 나는 과잉 친절을 베풀며 아부하기가 싫었다. 작은 성의 표시라고 생각할 수도 있는 일들이 나에게는 타협으로 생각되었다.

군인들이 전쟁터에서 소대장을 위해 싸우지 나라를 위해 목숨을 거는 것이 아니라는 말처럼, 직장생활에서 흔히 가장 의리를 지키고픈 상사는 나의 직속 상사가 되기 쉽다. 나도 그러했다. 내 직속 상사를 넘어서는 이들과 알게 모르게 끈을 가진다는 것, 상사의 윗

사람들에게 나의 경쟁력을 슬쩍슬쩍 어필하는 것이 왠지 뒤에서 내 상사를 넘어서고 싶어 작업을 하는 것 같아서 싫었다.

내 직장생활 중 가장 정치적이지 못했던 순간이 있었다. 나의 상사와 그 위의 사장과의 의견 대립이 심각했던 중이었다. 사장은 나를 부르더니 "내 밑에서 일하는 건 어떻겠냐? 언제까지 그 사람이 너의 상사일 수 있다고 보냐? 네가 그 자리에 갈 수도 있지 않겠냐?"는 제안을 이리저리 돌려가며 했다. 그때 솔직한 첫 생각이 '장난하냐?'였고 이어서 '유치한 (백인)남자들,―내게 일종의 백인 특히 남성들에 대한 인종 차별이 있음을 부인하지는 못하겠다―너네들이 그 수준으로 세상을 보니 전쟁이 끊이지 않지'였다. 나는 그 자리에서 그의 제안을 거절했고 지금도 그때 나의 생각이 옳았다고 믿는다. 승진도 좋고 정치도 좋지만 사람은 신뢰를 먹고 산다. 나의 상사를 특별히 좋아하지 않았지만 그렇다고 누군가를 밟고 서는 일은 더더욱 체질에 맞지 않았다.

문제는 내가 그 사실에 대해 동료들에게 말을 했다는 것이었다. "뭐 그런 사람이 다 있어? 그 사람 CEO 맞아? 이 회사도 앞날이 걱정이다. 한 회사의 수장이 그런 유치한 제안이나 하고……" 아! 나는 어찌 그리 유치했을까? 회사보다 내 앞날이 더 걱정이었음을 왜 몰랐을까. 돌쇠 같은 의리를 지키는 것도 좋다. 똑같은 상황이 온다고 해도 여전히 돌쇠의 의리를 지키리라. 조금만 더 정치력이 있는 사람이었다면 그 상황을 잘 이용해서 더 빠른 승진을 보장 받거나 직속 상사에게 더 신뢰를 받는 계기를 만들었을지도 모른다. 그러나 내가 한 일은 겨우 나의 '돌쇠'스러운 강직한 충성심을 안주 삼는 무지한 행동이었다. 그런 행동이 뉴질랜드의 동료들에게 의리 있게 느껴졌을지 한심하게 느껴졌을지는 알지 못한다. 동료들에게 저 사람 밑에 줄을 서서는 곤란하겠다는 인상을 주는 것은 바람직하지 못했다. 덧붙여 유치하게 느껴지는 상사라도 그에 대해 공공연히 비난한다는 것은 바보짓이다.

때때로 직장생활에서 의리를 지키는 것은 중요하다. 그러나 지난날을 돌아보았을 때 조금 더 지혜롭게 사내 정치에 대응했더라면 하는 아쉬움은 남는다. 사내 정치를 잘 한다는 것이 내가 분노했던 것만큼 비굴한 타협이 아니었음을 아직도 가슴으로 동의할 수는 없지만 적어도 머리로는 알게 되었다.

상사는 상사인 이유가 있다

당신의 상사가 당신보다 일을 못하는 것 같고 당신보다 열정도 없는 것 같고 그저 무능하고 정치적이기만 한 것 같은가. 그럼에도 불구하고 그 사람이 당신의 상사인 데는 나름의 이유가 있다.

한때 나는 내가 없으면 회사가 쓰러지는 줄 알았다. 회사의 중요한 일들을 내가 처리한다고 믿었고 내가 일을 제일 잘한다고 생각했고 누가 시키지 않아도 혼자서 회사 걱정을 다했다. 상사보다 내가 못한 게 없어 보였고 그가 왜 나의 상사인지 상사의 권위를 의심했다.

나는 상사와 경쟁하려고 했지 상사에게 져야 한다는 것을 몰랐다. 그의 말을 경청해야 하고 그가 시키는 불합리한 일들도 다 이유가 있음을 나중에 내가 상사가 되고 나서야 알았다. 아니 회사를 그만두고서야 알았다.

상사는 나의 경쟁 상대가 아니다. 나는 왜 상사에게 맞추면서 그에게 하나라도 배우려는 자세를 가지지 못했는지 아쉽다. 나는 나의 능력을 증명하고 내가 잘났음을 그에게 드러내기에 바빴다. 어떻게 하면 나에 대한 호감도를 높이고 상사가 나를 도와주고 싶다는 생각이 들게 만들 수 있을지 고민하지 않았다. 상사가 가진 강점들을 내 것으로 이용할 수도 있는데 말이다.

막상 내가 상사가 되어 보니 드러내놓고 나와 경쟁하려는 아래 직원이 사랑스러워 보이지 않는다는 사실을 알게 되었다. 야망 없어 보이는 직원도 싫지만 사사건건 자신을 내세우려 하는 직원은 더 싫었다. 상사도 인간이다. 인간은 교언영색을 좋아한다. 제스프리 시절 나는 상사인 아시아 사장에게 왜 그리 고집을 부렸을까. 나는 그가 한국 시장을 잘 모르기 때문에 불합리한 지시를 한다고 불만을 표출했고 그에게 반박의 논리를 펴는 것이 나의 유능함을 증명하는 일인 것처럼 굴었다. 상사가 상사인 것은 그 자리가 주는 시야의 폭이 다르다는 것을 의미한다. 위의 자리로 가게 되면 아래에서는 볼 수 없는 것들을 보게 된다. 산 정상에 서서 다음 길을 보고 있는 이에게 나는 산 중턱에서 그 길이 아니라고 외치고 있었던 것이다.

똑같이 많은 일을 시켜서 힘들어하는 두 직원이 있다고 하자. 하나는 "일이 너무 많아요. 이게 다 필요한가요?"라고 반응하고 다른 직원은 "새로운 일을 시도해볼 수 있어서 제가 배울 점이 많습니다"

라고 말한다면 당신은 누구를 더 예쁘다고 생각하겠는가?

내가 만든 기획서를 가지고 상사가 멋진 프레젠테이션을 끝냈을 때 '거봐, 내가 없으면 네가 뭘 할 수 있겠니?' 하는 태도를 보이는 것과 "내려주신 가이드라인이 워낙 명쾌해서 제가 일하기가 쉬웠습니다"라고 이야기하는 사람 중에 당신이 상사라면 누구를 더 키워주고 싶겠는가. 치사하고 속 보이는 짓이라고 생각되는가? 맞다. 그러나 인간은 똑같다. 본인이 상사가 되었을 때를 상상해보면 쉽게 답이 나온다.

직원 중에 국내 대기업에서 근무하던 남자 직원이 있었다. 그때까지 나는 격식을 중요하게 생각하지 않았다. 그런데 그 친구는 내가 그의 자리로 가서 이야기할 때면 항상 자리에서 벌떡 일어났다. 처음엔 어색했지만 이게 대기업 문화인가보다 싶어 익숙해졌다. 그 직원은 더 나아가 내 작은 제안에 대해서도 엄청난 칭찬과 존경을 표했다. 나의 결정들은 어느 사이 결단력이 되어버렸고 나의 프레젠테이션은 갑자기 본받을 그 무엇이 되어버렸다. 그에게 나는 배울 것이 많은 상사였고 나의 약점들까지도 나의 선한 면이라고 이해되기까지 했다. 쏟아지는 존경 속에서 깨달았다. 아, 나는 아부에 약한 인간이었구나. 물론 그에게 진정성이 없었다는 것이 아니다. 단지 나는 내가 듣기 좋은 말을 해주는 이에게 얼마나 약할 수 있나 하는 것을 말 그대로 절실히 알았다는 것이다.

당신의 무능한 상사를 대신해서 회사 때문에 과도하게 고민하지 말라. 그것은 당신과 같은 시절을 다 거친 임원진들이 이미 충분히 하고 있다. 상사가 무능하게 보여도 그를 비난하기에 앞서 무엇이 그를 그 자리에 있게 했는가를 생각해야 한다. 당신의 윗사람은 당신이 생각하는 것보다 훨씬 많이 당신의 생각을 파악하고 있다. 하여 회사의 미래를 걱정하거나 상사의 무능을 비난할 시간이 있으면 당신의 상사에게 아부해라. 상사에 대해 험담하는 것은 직장생활의 생명을 단축시키는 것이다. 누구도 나에 대해 나쁘게 말하는 부하직원과 일하고 싶어하지 않는다. 아부하는 게 돈이 드나 시간이 드나. 그리고 혹시 모를 일이다. 아부를 자꾸 하다 보면 당신도 모르게 그 상사가 좋아질지도 모를 일이다.

솔직한 게 자랑인가,
이미지는 실제다

솔직한 게 자랑인 줄 알았다. 솔직하다는 것은 숨길 것 없이 결백하다는 것이고, 숨길 게 없다는 것은 강한 자신감의 표현이라고 생각했다. 나는 자신감이 있었다. 나의 약점조차도 솔직히 이야기했고 "저는 이런 것은 못하는데 이런 것은 잘해요"라고 처음 만난 사람에게도 나에 대해서 솔직하게 이야기했다.

나의 솔직함이 상대에게 호의적으로 다가가지 않을 때도 있다. 나의 솔직한 모습이 상대에게는 부담일 수 있고 나아가 나에 대한 상대의 선입견이 내 일에 대한 선입견으로 이어질 수도 있다는 가능성을 생각해야 한다.

최근에 한 선배가 자신의 부하 직원 중에 너무 솔직한 여직원이 있는데 그 사람의 솔직함이 일할 때 부담이 된다고 이야기하는 것을 들었다. 명품 브랜드의 광고를 맡고 있는 그 직원이 왜 사람들에게 "솔직히 저는 지방 출신이라서 명품을 많이 접해보지 않았어요" 따위의 이야기를 하는지 상사의 입장에서 이해할 수가 없다고 했다. "처음엔 나도 그녀의 솔직함을 높게 샀는데 광고주들이 그녀가 제안하는 광고 시안들이 왠지 트렌드에 맞지 않는 것 같다고 어쩐지 촌스러운 것 같다고 편견을 갖고 바라보는 것 같아." 선배는 그 직원을 다른 팀으로 보내야 할지 걱정했다.

자신을 과대 포장하고 없어도 있는 척하는 것도 문제다. 허나 과도하게 스스로를 드러냄은 더욱 치명적이다. 일 때문에 만난 이들에게 자신에 대해서 모두 이야기할 필요가 없다. 어쩌면 솔직하다는 게 문제가 아니라 말을 참을 줄 모른다는 것이 더 문제일지도 모른다.

'제품이 우수하면 성공한다'는 말은 초기 산업사회의 최고경영자(CEO)가 하던 넋두리에 불과하다고 한다. 현대의 소비자는 제품을 사는 것이 아니라 브랜드를 구매한다. 이는 사람에게도 똑같이 적용될 수 있다. 우리는 사람들에게 우리의 본질로 기억되기보다 이미지로 기억된다. 나의 본질에 대한 이해를 사회생활에서 기대한다는 것은 실현되기 어려운 희망이다.

사회생활에서 이미지 관리의 첫 번째 룰은 직장 동료와 친구를 헷갈리지 말아야 한다는 점이다. 물론 동료가 친구가 될 수도 있다. 그러나 그건 극소수의 경우이다. 여자들은 친한 동료와 친구를 구별하지 못하는 경향이 있다. 그래서 동료에게 나의 시시콜콜한 이야기들과 온갖 사적인 이야기들을 한다. 내가 승진할수록 그들이 나의 경쟁 상대가 될 수 있다는 것을 인지하지 못한 채 말이다. 동료들에게 보이는 나의 호감이 나의 사적인 이야기들이 그네들에겐 단순한 흥밋거리로 회자될 수 있음을 알아야 한다. 나의 사적인 이야기가 사내에서 떠돌 때 그게 나에게 플러스일지 마이너스일지에 대해 정치적 고려를 하지 않는 건 직장에서 오래도록 성공하고 싶은 마음이 없다는 뜻이다. 당신이 생각하는 친한 동료는 어쩌면 당신에게 손해를 끼치고자 그 이야기를 남에게 전한 것일 수도 있다. 좋은 의미로 시작된 이야기도 돌고 돌면 왜곡되고 부풀려지는 게 인간사다.

참으로 자괴적이지만 이미지 관리에서 중요한 부분을 차지하는 것이 동종 업계 내에서의 소문 관리이다. 내가 속한 업계는 나의 생각보다 굉장히 작다. 그리고 한국이라는 사회는 전화 몇 통이면 상대에 대해 생각보다 많은 것을 알아낼 수 있는 사회이다. 내가 언제까지나 여기 있을 거라는 생각은 관두자. 언제 어디로 옮기더라도 나에 대한 이야기가 전화 몇 통으로 왜곡이 되어도 문제가 없을 만큼 업계의 소문 관리를 잘해야 한다. 세상은 나만 사는 것이 아니다. 사회생활이란 더더욱 그러하다.

그렇다고 업계 누구에게나 잘 보이기 위해 비굴해져야 한다는 것은 아니다. 어떻게 세상에 나와 생각이 비슷한 사람들만 있겠나. 가끔은 참을 수 없는 인간들을 만나기도 하고 도저히 이해가 안 되는 사람들과 일을 하게 되기도 한다. 하지만 가능하다면 업계에서 나의 소문에 대해 신경을 써야 한다. 업계 내에서의 소문 관리는 생각보다 중요하다.

타인이 바라보는 나의 이미지가 나의 실체보다 더욱 실체적이란 사실은 가슴 아픈 이야기이다. 그러나 우리는 이미지의 허상들 속에서 더이상 어떤 것이 이미지이고 어떤 것이 실체인지 모호한 현대를 산다. 나의 이미지를 잘 관리하기 위해서는 나의 아픈 이야기를 하지 않아야 한다. 아니 어쩌면 나중에 나에게 아프게 돌아올 수 있는 이야기를 하지 않는 지혜가 있어야 한다. 말을 참을 줄 아는 절제력이 아마도 이미지 관리의 핵심일 것이다.

적당히 친한 척하고 적당히 웃고 밥 먹고 차 마시고 떠들고 일어나 집에 돌아오는 자리가 공허하지 않으려면 말을 아끼자. 말로 나에 대한 긍정적인 이미지를 쌓는 것보다 쉬운 것은 들어주는 것이다. 무슨 말을 어떻게 해야 이미지 관리가 될지 고민된다면 그저 들어주어야 한다. 모두가 알면서 실천하지 못하는 이 방법이 바로 이미지 관리의 지름길이다.

소소한 일을 잘해야
큰일 할 기회가 온다

사회생활을 한 지 16년 이상이 되었지만 직장 후배들에 대한 평가는 허무할 만큼 소소한 것에서 비롯된다. 특히 다른 회사를 방문하게 되거나 어떤 프로젝트를 공동으로 진행하게 되었을 때 타사 직원에 대한 평가는 간단하다. '저 친구 일 잘하겠네. 전화 받는 것 보니까 기본이 되어 있던데'이다. 아마도 나와 비슷한 연배의 직장인이라면 일견 단편적이고 편파적이라고 느낄 수도 있는 이러한 평가 방법에 공감할 것이다.

직장생활 초기 나를 놀라게 한 것은 업무의 사소함이었다. 장장 20년이 넘는 교육을 받은 뒤 내게 주어진 첫 업무는 "셀 떠와"라는 단순한 한 문장이었다. 지금은 자주 사용되지 않지만 파워포인트가 없던 시절, 프레젠테이션을 위해서는 OHP 용지에 발표 내용을 복사해서 영사기 빔 프로젝트 위에 올린 뒤 화면으로 보는 것이 보편적이었다. 나는 셀을 뜬다는 것이 대단히 어려운 일인 줄 알았다. 알고 보니 선배가 시킨 일은 A4 용지 대신 OHP에 서류 내용을 복사해오라는 단순 업무였다. 그리고 계속해서 이어지는 단순 업무들. 당시 내가 다니던 광고 회사는 1993 대전 엑스포의 쌍용 지구관과 기아 자동차관 등 여러 관들의 운영을 담당하게 되었다. 우리 팀에서는 엑스포 요원으로 일할 도우미를 뽑아서 교육시키는 것이 큰 일이었다. 신입인 내게 주어진 일은 이력서의 연락처로 전화해서 "언제 어디로 면접 보러 나오세요. 축하합니다. 합격하셨네요. 죄송합니다. 합격자 명단에 성함이 없습니다"라고 말해주는 업무였다. 다음날 면접을 보러 올 예비 도우미들이 면접 후 받아갈 일 교통비를 만원 권으로 챙겨서 회사 봉투에 일일이 집어넣는 봉투 작업을 위해 야근도 했다. 이런 일을 하는데 대학 교육이 왜 필요할까?

첫 직장에서의 1년간 나는 '지금 일은 내게 너무 시시해. 제대로 된 일을 맡겨주면 잘할 텐데'라는 생각을 자주 했다. 그 소소한 일을 잘해내지 못하면 제대로 된 일을 할 기회가 영영 없다는 것을 몰랐던 것이다. 어영부영 중간 관리자가 된 지금, 직원을 평가할 때 그들이 소소한 일들을 잘하는가를 눈여겨보게 된다. '저 친구 전화받는 매너가 좋네.' '저 친구는 일어날 때 의자를 집어넣는구나.' '저 친구는 실내에서 슬리퍼를 질질 끌면서 다니는구나.' '저 친구는 전화 메모를 하나 전달할 때도 센스가 있구나.' '퇴근 후 책상이 깔끔하게 정리된 친구를 보면 일을 체계적으로 할 줄 아는구나' 하는 생각이 들고, 이면지를 사용하는 친구를 보면 '사람이 기본이 되어 있네' 하면서 좀더 후한 점수를 주게 된다.

당신의 상사가 자신이 하는 소소한 일을 보지 못할 거라고 생각하면 착각이다. 모든 소소한 일은 냉정한 판단의 기준이 된다. 왜냐하면 당신의 상사도 그 시절을 거쳐왔기 때문이다.

퀵서비스맨에게 회사의 위치를 잘 설명할 수 있는 이는 분명 중요한 프레젠테이션도 잘할 것이다. 회사에 처음 찾아오는 이에게 요령 있게 짧은 시간에 분명한 방법을 알려줄 수 있다면 자신의 프로젝트를 처음 보는 사람에게 효율적으로 어필할 수 있는 기술을 가졌다는 의미인 것이다.

소소한 일을 잘하는 것에는 약간의 요령도 필요하다. 내가 어느 회사에 전화를 걸었는데 직원이 받아서 "사장님 아직 출근 전이신데요"라고 하면, 나는 '아, 저 친구는 사회생활의 기본이 안 되어 있구나'라고 생각한다. "지금 외근 중이신데 메시지 남겨드릴게요. 들어오시면 전달하겠습니다"가 정답이다. 전화 메시지 하나에도 '오늘 몇시 몇분에 어느 회사의 어떤 분이 전화하셨습니다. 어떤 용건이신 것 같았습니다' 또는 '몇시 몇분에 회사의 누가 찾으셨습니다. 거래처 외근 중이라고 보고드렸습니다'라는 메모를 남겨놓는 직원을 어찌 사랑하지 않을 수 있으랴.

세상에 소소한 일이란 없다. 근사하고 엄청나 보이는 일도 결국 소소함이 기초되지 않고는 이루어질 수 없기 때문이다.

회사의 비전이
나의 비전인가?

일에 대한 야망을 가진다는 것은 장기 비전과 더불어 전략을 가진다는 것이다. 여성들에게 "야망을 가지라고 이야기하는 것은 막연한 성공을 그저 꿈만 꾸라는 말이 아니야"라고 하면 대부분 동의할 것이다. 그럼에도 불구하고 어떤 장기 비전을 가질 것이냐에 대해 이야기하면 놀랄 만큼 소박한 희망들을 말한다. 여성 스스로에게 자기 검열이 있는 것도 아닐진대 말이다.

여성들이 왜 조직의 리더로 성장하기 어려운가를 몇 명의 사장들과 이야기할 기회가 있었다. "분명 여자들이 신입사원으로 들어왔을 때는 남자들보다 일도 잘하고 승진도 빠른데 대리, 과장을 거친 후 차장이나 부장 단계에서부터는 여성을 승진시키기가 곤란해진다." 이런 이야기가 많았다. 심지어 자신이 여성이면서도 "여성들이 남자들보다 뒤끝도 없고 일 처리에도 잔재주를 부리거나 하지 않고 클리어해. 그래도 여성을 관리급이나 임원급으로 승진시킬 때는 꺼려지는 부분이 있다"는 말을 하는 것에 놀랐던 기억이 있다. 문제가 뭘까?

근본적으로 '여성들은 목표가 작은 것이 문제다'는 것이 중론이었다. 왜 조직에서 사장 자리를, 최고의 자리를 꿈꾸지 않는가? 그 질문에 나 또한 놀랐다. '그래, 나도 그저 성공하고 싶다고 생각만 했지, 내가 속한 조직의 최고가 되겠다고 생각해본 적이 한 번도 없었구나.' 나는 제스프리 한국 지사장이라는 자리에 만족했었지 내가 본사의 임원이 되어야겠다거나 아시아 사장이 되어야 하겠다거나 하는 목표를 설정해본 적이 없었다. 목표가 작다는 것은 그만큼 나의 비전이 장기적이지 않다는 것이고 시야가 좁아질 수밖에 없다는 것을 의미한다. 처음부터 조직에서 최고가 되는 야망을 가진다는 것은 우리의 사회생활 모습 자체가 틀려져야 한다는 것이다.

조직의 최고가 되기 위해서는 우선 회사의 비전과 나의 비전을 맞추어야 한다. 회사가 나아가고자 하는 방향과 내가 회사 내에서 가지는 비전이 동일하지 않으면 그 조직의 수장이 될 수 없다. 광고회사에 다녔던 시절, 회사의 비전은 '많은 광고주를 유치하여 회사의 매출을 극대화하자'였다. 그러나 당시 나의 비전은 '사람들에게 회자될 수 있는 좋은 광고를 만들자'였다. 당신이 사장이라면 회사의 비전처럼 많은 광고주와 매출을 올리는 데 노력하는 직원을 장래 임원으로 뽑겠는가, 좋은 광고를 만드는 데 주력하는 직원을 임원으로 뽑겠는가? 물론 광고회사가 잘 되려면 좋은 광고를 만들어야 한다. 이것은 기본이다. 그러나 회사의 매출과 연관되어 회사가 더 많은 일거리를 가지는 기회가 되기 때문에 좋은 광고를 만들겠다는 목표와 내가 일을 잘한다는 것을 증명해 보이기 위해 좋은 광고를 만들어야 하겠다는 목표는 엄연히 다르다.

만약 회사의 비전이 칸 국제광고제에서 광고상을 받는 광고대행사라면 문제는 달라진다. 현실적으로 그러한 비전만을 가진 회사가 존재하기는 힘들 것이다. 한때 나는 좋은 광고를 만드는 것이 광고인의 역할이라 생각했다. 그러나 그런 사람이 임원이 될 가능성이 희박함을 이제는 이해한다. 좋은 광고를 만드는 것이 인생의 비전이라면 독립해서 그런 비전을 가진 회사를 차려야 한다.

제스프리의 비전은 '키위를 많이 팔아서 뉴질랜드 제스프리 주주들에게 최대의 이익을 안겨주자'였다. 나는 회사의 비전에 충실했다. '외국산 농산물을 한국에 파는 일을 하다니, 그럼 한국 키위 농가나 한국 농산물을 위해서 도움이 될 수 있는 일이 뭐가 있을까?' 하는 고민은 순전히 나의 개인적인 것이지 회사의 비전과 아무런 상관이 없음을 알고 있었다. 당신이 비흡연자인데 담배회사에 다닌다면 회사의 비전과 개인의 비전, 즉 '되도록 많은 사람들이 우리 회사의 담배를 피워주는 것'과 맞지 않을 수 있다. 하지만 적어도 급여를 받는 한 그 회사의 비전을 개인의 도덕적 또는 정치적 잣대로 판단해서는 안 된다.

드비어스라는 세계 최대 규모의 다이아몬드사를 홍보할 때였다. 드비어스는 자사 홍보를 하는 직원들에게 의무적으로 다이아몬드를 착용시켰다. 회사에서 임대해주는 다이아몬드 반지, 목걸이, 귀고리 등을 하고 다녀야 했다. 자사 제품 홍보의 일환이었으리라. 덕분에 나는 평생 다시는 착용할 일이 없을 100캐럿이 넘는 베르사체 디자인의 다이아 목걸이를 슬쩍 걸쳐보기도 했다. 그러나 사람들을 만나면 나는 "실은 저는 보석 별로 안 좋아해요" 또는 "다이아몬드라는 것이 결국 반짝거리는 돌덩어리일 뿐이죠"라고 이야기하곤 했다. 내가 보석에 미친 사람이 아니라고 변명하고 싶었던 것이다. 적어도 직업 의식이라는 것이 있었으면 나는 일로 만나는 사람들에게 "다이아몬드 정말 아름다운 보석이에요. 다이아몬드는 여성의 영원한 친구라는 마릴린 먼로의 말을 아시죠?"라고 하면서 다이아몬드 예찬론을 펼쳐야 했다. 내가 보석을 싫어하건 좋아하건 그건 나의 취향인데 그것이 일로 만난 이들에게 뭐가 그리 중요한가. 드비어스 홍보 매니저로서 나는 회사의 비전보다는 개인의 이미지를 중요시해서는 안 되는 거였다.

나의 비전이 지금의 조직에서 최고가 되겠다는 것인지 언젠가 독립해서 내가 원하는 비전의 회사를 만들겠다는 것인지가 명확해야 한다. '10년 뒤 내 사업을 하겠다'가 아니라면 나의 비전은 회사와 동일해야 한다. 개인의 판단으로 도저히 회사의 비전에 동의할 수 없다면 그곳에 오래 몸담아서는 안 된다. 왜 회사가 매월 급여를 지급하며 당신 개인의 비전을 이루는 데 도움을 주어야 하는가.

내가 중요한가,
나의 팀이 중요한가?

조직 내에서도 조직의 비전과 나의 비전은 같아야 한다. '나의 승리가 나의 팀 승리보다 더 중요한가?' 하는 문제에 있어서 여성들은 흔히 '팀 전체의 승리보다 자신이 똑똑하다는 것을 증명해 보이기 위해 노력한다'는 비난을 받는다. 회사는 사람들이 움직이고 누구도 혼자서 온전히 하나의 프로젝트를 마치기란 쉽지 않다. 팀별로 일하는 것이 점점 더 보편화되는 추세에서 내가 속한 팀이 이길 수 있는 방법을 고민하는 것과 내가 똑똑하다는 것을 증명해 보이기 위해 노력하는 것은 차이가 있다.

팀별 프로젝트에서는 내가 속한 팀이 주어진 과제를 잘 수행하기 위해서 나의 주장과 다른 길을 갈 수도 있고, 그 길이 최선의 정답이 아닐 수도 있다. 어쩌면 나의 의견이 가장 뛰어난 것일 수도 있다. 그러나 사회생활이 그렇듯 항상 정답이 승리를 보장하지는 않는다. 팀별 프로젝트가 끝난 뒤 "저 사람 똑똑하긴 한 것 같은데 다음에 또 같은 팀으로 일하기는 싫어"라는 평가가 나온다면 당신이 팀의 리더가 되기는 사실상 어렵다.

　광고대행사의 국장으로 있는 선배를 만난 자리에서 내가 여성의 리더십 문제에 관심이 있다고 했더니 선배가 회사 이야기를 꺼냈다. 일 잘하고 똑똑한 여자 대리가 있는데 이 친구를 승진시키기는 곤란하다는 것이다. 그녀의 문제점은 일에 대한 열정과 완벽성을 타인에게 강요해서 팀원들을 질리게 만든다는 것이다. 스스로 매일 야근하고 누구보다 일을 사랑하는데 문제는 그것이 동료에게 상처가 되어서 돌아온다는 것이다. 이 친구의 경우 워낙 일에 대한 열정이 뛰어나다 보니 팀의 의사 결정 과정에서도 반드시 자신의 주장이 관철되기를 기대한다는 것이다. 내가 열심히 한다고 해서 반드시 내가 정답은 아니다. 그 팀이 만든 광고가 다행히 광고주의 마음에 들어서 다른 회사와의 경쟁 프레젠테이션에서 이긴다면 그건 팀 전체의 승리가 되는 것이다. 비록 자신의 의견이 관철되지 않았다고 해도 팀의 승리는 개인의 승리보다 중요하다. 선배가 보기에 그 친구의 문제점은 본인의 승리를 우선시하다 보니 팀원들 간에 불필요한 경쟁과 질투를 유발시킨다는 것이었다.

　선배의 말을 들으며 "꼭 내 옛날 이야기하는 것 같네" 하면서 웃었다. 내가 그랬다. 광고회사 AE 시절. 대행사에서 광고를 한편 만들기 위해서는 기획을 맡는 AE, 전체 제작을 담당하는 크리에이티

브 디렉터, 카피라이터, 디자이너, 프로듀서, 감독 등 많은 인원들이 한 팀이 되어 일한다. 나는 한 다국적 기업의 화장품 광고를 기획하는 일을 맡고 있었는데 당시 우리 팀에는 이영애가 모델이었던 '산소 같은 여자'라는 유명한 화장품 광고의 카피를 쓴 스타급 카피라이터가 스카우트되어 들어왔다. 문제는 내가 담당했던 회사의 새로운 화장품 광고를 기획하면서 생겼다. 나는 1년 이상 담당했던 회사의 제품이기 때문에 우리 팀에서 누구보다 내가 그 제품에 대해 잘 알고 있다고 믿었다. 그런데 새로 영입된 스타 카피라이터는 내가 제안한 카피들을 절대 써줄 수 없다는 게 아닌가? "아니 자기가 스타급 카피라이터면 카피라이터지 시작한 지 2주도 안 돼서 얼마나 제품을 잘 안다고 내 의견을 무시하지?" 나는 팀 회의 도중 광고계의 대선배에게 버럭 화를 내며 "알았어요. 그러면 그 카피 내가 쓰고 말지요" 하면서 회의 자리를 박차고 일어나버렸다.

그러면서 '그까짓 카피 몇 줄이 뭐 대단한 거라고, 내가 쓴다. 내가 써. 산소 같건 수소 같건 어쨌든 쓰면 될 거 아냐' 하며 간단히 생각했다. 지금 생각해보면 얼마나 어리석은 치기였는지.

각자 자신의 영역이 있는 것은 그 사람이 잘할 수 있는 전문 분야가 있기 때문이다. 디자인이 마음에 들지 않으면 내가 직접 디자인을 고칠 것인가? 광고 촬영이 마음에 안 든다고 내가 직접 찍을 것인가? 내 업무의 한계가 어디까지인지 모르고 모든 영역에 뛰어들어 아는 척하는 것은 본인에게도 함께 일하는 사람들에게도 피곤한 일이다. 그리고 업무를 시작한 지 겨우 2주가 아니라 두 시간밖에 되지 않았어도 광고 경력 4년 차도 안 되는 나보다 10년이 넘어선 그 선배의 판단이 정확할 수 있는 것이다.

나는 항상 모든 프로젝트에서 주인공이 되기를 원했다. 내가 주연이 될 수 없을 때 내가 스포트라이트를 받지 못할 때는 조연의 역할을 확실히 해야 한다는 것을 몰랐다. 내가 주연이고자 하는 욕심 때문에 조연일 때 옆 사람을 어떻게 지원 사격해서 띄워주어야 하는지를 배우지 못했다. 그때의 나는 왜 그리 내가 그 스타 카피라이터보다 유능하다는 것을 증명해 보이고 싶어했을까? 그걸 혼자 증명한다고 뭐가 달라졌을까? 막상 중요한 것은 광고주가 마음에 들어하는 광고를 만들어야 하는 것이었다. 각개전투에서 이겨도 전체 전쟁에서 질 수도 있는 것이다.

팀워크의 중요성을 깨닫지 못한다면 우리는 조직에서 살아남을 수 없다. 당신이 제일 열심히 일하고 당신이 가장 똑똑한 의견을 내는 것 같은가? 당신이 승리하고 돋보이고 모든 일의 중심이 되고 싶다면 동료에게 먼저 베풀어라.

스스로 잘난 척하지 않으면
아무도 알아주지 않는다

여성들이 팀워크보다 개인이 돋보이기를 바란다는 비난과 상반되게도 여성들은 자신이 하는 일을 포장하는 데 약하다. 팀워크를 해치면서까지 돋보이고 싶어한다는 여성들이 일상의 업무에 들어서면 내가 얼마나 중요한 일을 하는지 상대에게 흘리거나 상대의 협조를 요청하거나 하는 일에 능숙하지 않다. 여성들은 흔히 자신이 하는 일을 떠벌리기보다는 그 시간에 조용히 일을 처리한다. 그래서 팀 회의에 들어가면 고민한 바를 강하게 이야기하게 되고 상대가 나보다 더 고민하지 않았다는 생각에 억울해하고 다른 이들에겐 그런 모습이 속 좁고 모나 보이는 악순환이 반복된다.

누군가에게 도움을 받느라 돌아다니고 내가 하는 일을 포장하는 데 시간을 보내는 것보다는 혼자서 처리하는 것이 유능하다고 생각하는데 그것은 잘못된 생각이다. 또한 내가 하는 일을 과대포장해서 남들에게 보인다는 것을 쑥스러워하지 않아야 한다. 모름지기 포장하고 광고할 줄 알아야 하고 나의 요구를 큰 소리로 말할 수 있어야 한다. 도움이 필요하면 당당히 요구해야 한다. 내가 얼마나 중요한 일을 하고 있는지를 알리면서 말이다.

남자들은 보통 과장에 익숙하다. 잘 모르는 일에 대해서도 다 아는 것처럼 굴거나 자신이 다 해결할 수 있다는 태도를 보인다. 남자들과 한 팀을 이뤄서 프로젝트를 진행하다보면 겨우 이 정도를 알면서 어떻게 그렇게 큰 소리를 칠 수 있었는지에 놀랄 때가 많다. 남자들의 저 근거 없는 자신감은 도대체 어디에서 나오는 것일까?

이는 외국 남자도 마찬가지이다. 제스프리 시절, 남자들과 함께 일하면서 남자들이 정말이지 자기 포장과 자기 홍보에 능숙하다는 것을 알았다. 뭐든지 "Sure, No problem(물론, 문제없어)"이고 "Don't worry. we are going to make it(걱정 마. 우리는 해낼 수 있을 거야)"인데 막상 부딪혀보면 혹시 문제가 뭔지 모르는 게 아닐까 하는 생각이 들게 하거나 우리가 해낼 수 있는 게 아니라 내가 해내야 되는 거였나 하는 생각이 들기도 했다. 내가 보기에는 별다른 근거가 없는 남자들의 자기 확신이 자기최면으로 이어져 이상한 진정성이 생기고 그래서 스스로 진짜 유능하다고 믿게 되어버리는 걸까 궁금하기도 했다.

한국에서건 뉴질랜드에서건 일로 만나게 되는 남자들의 99%는 자신이 어떤 일을 성공적으로 했는가에 대해 어떤 기회를 통해서라도 말하고 싶어했다. 그것이 현 직장에서든 전 직장에서든 상관이 없었다. 이런 남자들이 드러내놓고 자기 자랑하는 것을 보며 처음엔 '저 남자 어디 모자라는 거 아냐?' 하는 생각이 들기도 했지만, 자꾸 듣다 보면 나도 인간인지라 '저 사람이 어쩌면 보기보다 조금은 유능할 수도 있겠다'는 생각이 든 것도 사실이다. 정치부 기자를 오래 한 한 선배의 말처럼 '저 정치인은 사기꾼이야' 하는 생각을 하면서도 그 사람의 자기확신에 찬 이야기들을 지속적으로 듣다 보면 '저 사람도 나름대로 나라를 걱정할 수도 있겠다'는 생각이 든다니 이런 현상이 비단 나에게만 국한되지는 않는 것 같다.

제스프리에서는 1년에 한 번 퍼포먼스 어프레이저(performance appraisal)라는 것을 실시한다. 간단히 말해 한 해 동안의 각자 업무 능력을 평가받는 것이다. 스스로 한 해 동안 자신이 성취한 일들에 대해 적어놓으면 상사가 그 평가서를 바탕으로 자신의 생각을 더해서 종합적인 점수를 주는 제도이다. 나는 내가 나의 업무적 성취를 평가한다는 점이 영 쑥스러웠다. '이런 걸 왜 써야 하나? 이 시간에 차라리 일을 하는 게 낫지.' '뭘 성취했다고 하지? 그저 열심히 직장에 다녔고 맡은 일을 했고 그렇지 뭐.' 그래서 나는 나의 평가서에 딱 두 줄을 적어 넣었다 '제스프리 코리아 올해 목표 매출 US$ 얼마. 연말 실제 매출액 얼마. 몇 퍼센트 초과 달성.' '이거 외에 무슨 할 말이 있겠나? 내 일이 키위 잘 파는 거고 잘 팔았으면 되었지.' 그런 생각이었다.

나의 본인 평가서를 보고 상사인 아시아 사장이 전화를 걸어왔다. "너의 보너스가 걸려 있는 건데 너무 성의가 없는 거 아니냐? 네가 쓴 단어 수만큼을 너의 성의로 봐야 하나?" 그래서 나는 '말은 적게 실행은 크게'를 실천하려고 노력 중이라고 했다. 내 딴에는 고심한 심오한 답변에 그 사람이 하는 말이 '다른 매니저들은 다들 A4 용지 2~3장 분의 자기 평가서를 제출했다'는 것이다. 아주 나중에 우연히 그들의 자기 평가서를 보고 기절하는 줄 알았다. 아주 세세한 일들까지도, 내가 볼 때는 그 정도도 안 하고 월급 받았나 싶은 일들까지도 버젓이 자신이 이룬 성취로 포장되어 쓰여 있었다.

평가서만을 놓고 비교해보면 나는 성의 없이 일하는 직원이었고 그들은 엄청난 열정을 가지고 일하는 사람들처럼 비쳐졌다. 적어도 내가 아는 한 내가 그들보다 더 많은 야근과 고민과 노력을 쏟아부었다는 것은 내 평가서 어디에서도 보이지 않았다. 일을 잘하는 것도 중요하지만 일을 잘하는 사람으로 보이는 것이 더 중요하다는 것을 그때 알았다. 10을 해놓고 100을 한 것처럼 나를 홍보하고 포장하는 것은 결코 사기가 아니다. 그게 능력이었다. 혹시 지금 어떡하면 일을 잘할 수 있는지를 고민한다면 어떡하면 내가 일을 잘하는 사람으로 조직 내에서 인정받을 수 있을지에 대해서도 함께 고민해야 한다. 나를 파는 기술을 개발해라. 같은 일을 해놓고도 더 그럴싸한 일을 한 것처럼 보이게 하는 것도 중요한 능력의 하나다.

모르는 일을 대하는 태도에서도 남녀는 구분이 된다. 여자들의 경우 대부분은 "잘 모르는 분야인데 열심히 해볼게요"라고 말하고 남자들은 "이 문제는 제가 잘 해낼 수 있는 분야입니다"가 먼저 나온다. 여성들은 자신이 많이 알고 있는 분야에 대해서도 별로 아는 것이 없는 척하는 경우가 많다. 나 또한 무슨 일을 맡게 되거나 일로 처음 부딪히는 사람들을 만나게 되면 "많이 가르쳐주세요"가 인사였다. 제스프리에서도 10년 경력으로 뉴질랜드의 동료들보다 훨씬 오래 회사를 다녔는데도 불구하고 나는 항상 '아직도 배울 게 많아요'라는 입장을 견지했었다. 내가 모르는 부분들에 대해서는 솔직하게 시인했고 그걸 밝히는 걸 부끄러워하지 않았다. 그것이 올바르다고 생각했기 때문이었다. 여성들이 일에 대해 겸손함을 가지는 것은 남성들보다 덜 유치하거나 더 성숙되었기 때문이라고 믿었다. 그러나 이것을 스스로 겸손하다고 착각해서는 안 된다. 사회는 도덕 시험을 보는 곳이 아니다.

어떤 자리에서 남녀의 자신감의 차이에 대한 이야기들이 화제에 올랐다. 한 남자 사장이 "여자들이 안 나서는 거, 그거 여자들이 겸손한 게 아니라 자기 콘텐츠가 없는 거 아니에요?"라고 물었다. '아, 그렇구나! 그렇게 생각될 수도 있구나.' 내가 나를 겸손하다고 생각하는 것은 아무 소용이 없다. 또한 내가 상대를 유치하고 허풍스럽다고 생각하는 것도 중요하지 않다. 당신의 상사가 '저 친구에게 일을 맡기면 일단 믿음이 간다'고 생각한다는 사실이 중요하다. 정작 겸손한 당신은 '저 친구는 자기 콘텐츠가 없는 것 같다'고 의심받을 수 있다.

당신이 일을 얼마나 열심히 하는지 회사가 알아주지 않는가? 그렇다면 말을 하라. 말을 하지 않는데 어떻게 당신 속을 다 헤아릴 수 있겠나. 당신이 회사와 연애하는 것도 아닌데 말이다.

05

외국계 지사장, ↗그 근사한 이름의 뒷면

나는 성공한
외국계 지사장이었다

한국에 AMCHARM 모임이라는 게 있다. 미 상공회의소 모임인데 한마디로 미국 계열 회사가 주를 이루며 '영어를 사용하는 회사의 사람들이 모여서 정보를 교환한다는 미명하에 호텔에서 어정쩡하게 밥 먹고 명함 주고받는 사교 모임 비슷한 것'이다. 워낙 아침형 인간이 아닌 나는 조찬 모임에는 거의 참석하지 않지만 가끔 저녁 모임에는 가곤 했다. 물론 나야 미국계 큰 회사들의 임원도 아니고 그곳에서 일어나는 중대한 결정 사항에 관여할 직위도 아니어서 단순히 관람자로 참석하는 경우가 많았다.

그곳에서 만나는 외국인이 한국을 이해하는 척하며 말하는 것을 들어주기가 꽤 지겨웠다. 한국 사회는 너무 폐쇄적이고 한국에서 기업하기가 힘들고 규제가 많고 어쩌고 하는 이야기들이 끝없이 이어졌다. 어쩌면 그들의 말 속에서 배어나오는 우월감이 더 듣기 싫었는지도 모른다. 그들의 말을 대서특필하는 언론도 맘에 들지 않았다. 기업의 목적은 이윤 추구에 있다. 한국이 아무리 마음에 들지 않아도 그들이 이윤을 가질 수 있는 한 한국에 남아 있을 것이다.

물론 한국 사회가 폐쇄적인 것은 인정한다. 한국에서 10년 넘게 살았고 한국어를 유창하게 하는 외국인이 있었다. 한국 문화에 익숙했고 한국을 좋아한다고 생각했던 친구다. 어느 날 한국 남자들과 소주를 마시는 자리에서 정치 문제가 어떻고, 지역 감정이 어떻고, 앞으로의 미래가 걱정이고 등 술자리들에서 흔히 나오는 이야기들이 이어졌다. 외국인 친구가 그 대화에서 자연스레 '그래 나도 한국 사회에서 그 부분은 문제가 있는 것 같아'라고 끼어들자 순간 한국 사회 비판에 그토록 열을 올리던 한국 남자들이 갑자기 조용해지면서 '네가 한국에 대해 뭘 알아? 우리 그렇게 문제가 많은 건 아니야'라며 싸늘한 반응을 보이더라는 것이다. 자신은 그저 소극적 동의를 한 것인데 그 배타성이 놀라웠다는 말을 들은 적이 있다. 그건 어느 사회나 마찬가지이다. 그럼 중국이나 일본은 폐쇄성이 없을까? 나의 경험으로 볼 때 더 하면 더 했지 덜하지 않다.

코래드 국제국까지 합치면 10년 넘게 외국계 기업 또는 다국적 기업의 조직에서 일하며 알게 된 것은 외국계 기업은 외국인들 것이고 그들은 그들의 룰에 따라 움직인다는 것이다. 한국적 특수성? 가끔 이해해주는 척한다. 그래야 그들의 제품이 한국에서 더 잘 팔리니까. 그러나 그것뿐이다. 그들이 한국에서 기업하기 어렵다고 하는 것은 자신들의 이윤 추구가 원하는 것처럼 되지 않는다는 말일 뿐이다. 어차피 이제 국경도 국적도 필요 없는 시대라고 하지만 그래도 분명 보이지 않는 벽은 존재한다. 모국어가 영어인 친구들이 한국인에게 다국적 기업의 회장 자리를 내주는 날이 올까? 아마 한국이 세계 시장에서 가장 중요한 위치를 차지하지 않는 한 어려울 것이다.

요즘은 다들 영어가 화두다. 세계화의 물결 속에서 외국계 기업에 근무한다는 것이 근사하게 비쳐지는 것도 사실이다. 그러나 한 번쯤 생각해볼 일이다. 일 잘하고 똑똑한 한국인이라는 것이 외국인들에게 어떤 의미일지 말이다.

외국계 지사의 지사장 자리 10년. 나는 그들과 그 회사의 주주들에게 일 잘하고 충성스러운 '마름(지주를 대신하여 소작권을 관리하는 사람)'일 뿐이라고 생각한다면 피해망상과 시대착오적 발상일까? 물론 가끔 내 목소리를 내기도 했지만 그것도 따지고 보면 주주들의 이윤을 극대화하기 위한 논쟁이었다.

외국계 회사에서 충실한 사장직을 수행해내면 가끔은 내부 비판의 기회도 주어지고 보너스도 따라오곤 한다. 처음 제스프리에 입사했을 때 한국에서 제스프리 키위 판매량은 매우 미미했다. 당연히 내가 뉴질랜드에서 가지는 발언권도 미미했고 한국은 일본을 제외한 나머지 아시아로 치부되었다. 뉴질랜드의 첫 회의에서 제스프리의 모든 사람들이 일본 매니저의 말 한마디에 신경을 기울였고 일본은 항상 가장 첫날에 가장 많은 시간 동안 논의되는 그야말로 중요한 시장이었다. '한국에서는…… 한국 상황에 따르면……'이라는 발언들은 그네들에게 '말레이시아는…… 인도네시아는……'과 똑같이 취급되었다. 한국으로 보내야 할 서류를 간혹 대만으로 보내기도 했고(담당자는 대만과 한국이 서로 다른 나라라는 걸 언제 알았을까?) 북조선 인민공화국으로 잘못 표기된 서류 때문에 키위의 통관이 늦어지기도 했다.

그 후 10년 동안 한국은 세계에서 두 번째로 뉴질랜드에 많은 이윤을 안겨주는 시장으로 성장했고 따라서 나의 발언권도 커져갔다. 이제 한국은 일본 다음으로 프레젠테이션 기회를 갖게 되었으며 제품의 선택에 있어서도 일본 다음의 우선권을 가진다. 나의 발언권이 커지자 처음에는 성취감으로 우쭐했었다. 제스프리의 이사진들은 주주의 최대 이익을 실현하기 위해 자본주의적 판단을 내리는 것이고 나는 그들 장기판의 충실한 '말'이라는 것을 깨닫게 되었다.

나는 세계화를 믿지 않는다. 유학을 하고 외국계 기업을 다니면서 남들보다는 국제적인 삶을 살아왔지만 세계주의자보다 민족주의자에 가깝다. 물론 국가주의자는 아닌 듯하다. 세계는 하나, 자본은 외국 것이든 우리 것이든(우리라는 의미가 얼마나 지속될지도 알 수 없지만) 똑같다고 생각하지 않는다. 영어권 나라의 사람들이 서류와 계약을 중시하는 건 그만큼 그 사회에 대한 불신이 많다는 뜻이다. 사람이 사람보다 서류를 더 믿는 구조에서 교육받고 자란 이들이 다른 민족의 장단점과 특수성을 이해하며 모두에게 공평한 기회가 주어지는 기업문화를 만들어나갈 것 같은가?

언제부터 외국계 기업에 대한 환상이 생겼는지 모르겠다. 한국의 기업에서 느껴지는 보수성과 성의 불평등을 참을 수 없는가. 그렇다면 인종이 다르고 모국어가 달라서 생기는 그 본질적 차별에 대해서 참아낼 마음의 준비는 되어 있는지 궁금하다.

출장, 출장
그리고 출장의 날들

제스프리의 아시아 사장인 유잔 첸과의 통화가 길어지고 있었다. 나는 내 제안의 정당성을 설명하느라 바빴고 그는 더욱 깊이 있는 설명을 요구했다. 한국의 유통 구조 변화에 따른 도매와 소매의 접근법이 다르다는 이야기와 기타 제스프리 수입사들과의 관계 조정에 대한 설명이었다. 이 대화의 결과에 따라 한국 시장에서 제스프리 키위의 유통 전략이 달라지는 상황. 첸 사장은 내 제안을 받아들이는 데 적극적이지 않았고 나의 이야기는 더욱 길어졌다. 결국 그의 입에서 나온 말은 "Why don't you come here, I'd like talk to you in person(이리 오지 않겠냐. 만나서 얘기하고 싶다)"였다. 그의 방이 옆에 있는 것도 아니고 결국 일본으로 오라는 말이었다. 전화를 끊자마자 책상 서랍 속에 늘 준비되어 있는 여권을 꺼내서 김포공항으로 향했다. 서두르면 하네다로 가는 오후 첫 비행기를 탈 수 있는 시간이었고 그러면 적어도 오후 4시 전에는 동경의 사무실에 도착할 수 있다. 그의 퇴근 시간 전에 맞춰 동경 사무실까지 도착하려면 서둘러야 했다.

집에 들를 시간이 없었다. 가방을 열어보니 기초 화장품이라고는 스킨 샘플 하나가 전부였다. 아침에 입고 나온 옷도 하필이면 캐주얼했다. 대만이나 뉴질랜드면 몰라도 일본 사무실에 갈 때는 복장이 단정해야 한다. 일본의 제스프리 사무실은 외국 회사의 해외 지사라고 믿어지지 않을 만큼 보수적이다. 김포공항에 도착해서 티케팅을 하니 출발 시간까지 한 시간이 남아 있었다. 기초 화장품과 다음날 갈아입을 옷, 소지품을 담을 작은 여행 가방까지 그 자리에서 쇼핑을 끝냈다. 그리고 도착한 일본 사무실. 첸 사장과의 대화를 끝내고 긴자에서 저녁을 먹고 호텔방에 들어오고 나서야 집에 전화를 하지 않았다는 걸 깨달았다.

외국계 회사 지사장이라는 자리는 출장의 연속이다. 특히나 제스프리는 작은 규모의 해외 지사들을 운영하고 있기 때문에 각 지사 간의 대화나 조율이 더욱 중요했다. 공산품이 아닌 과일의 특성상 오래 보관할 수 없기 때문에 한 시장의 판매가 부진하면 이웃 국가로 빨리 배를 돌려야 한다. 아시아 각 나라 사장들이 회의를 통해 수시로 물량을 분석하고 결정했다. 내게 대만, 일본, 중국은 대전이나 부산 같은 의미였다. IT가 아무리 발달하고 화상회의가 가능하다고 하지만 그래도 사람과 사람이 대면했을 때 가지는 친근감에 비교하랴. 제스프리 한국 사무실을 맡은 후 몇년 뒤 제스프리는 중국 시장에도 진출하게 되었다. 당시에는 중국 시장의 마케팅을 담당할 인력이 없었기 때문에 내가 중국 시장까지 맡으면서 아시아권 출장이 더욱 잦아질 수밖에 없었다.

잦은 출장은 나만의 시간을 가질 여유가 없음을 의미한다. 그 시절 나는 새벽 두시에 강남 리츠칼튼 호텔 맞은편의 24시간 미용실에 찾아가서 파마를 하곤 했다. 뉴질랜드에서 떠난 비행기가 김포공항에 도착하는 시간은 새벽 5시였다. 11시간 반의 건조한 비행기 여행과 출장에 지친 얼굴을 보며 피부 마사지를 받으러 새벽에도 문을 연 찜질방을 찾아가고는 했다. 새벽 5시. 많은 이들이 잠들어 있는 그 시간이 누구도 업무 전화를 하지 않는 나만의 시간이었고 한두 시간이라도 맘 편하게 누워서 마사지를 받는 호사를 누릴 수 있는 유일한 시간이었다. 쇼핑은 가능한 빠르고 짧게, 처음이나 두 번째 들어간 가게에서 끝냈고 다시 쇼핑하는 시간을 줄이기 위해서 마음에 드는 신발이나 반드시 필요한 정장용 블라우스 등은 같은 것을 두 개씩 샀다.

당시 나의 지갑에는 항상 3개국 이상의 지폐가 들어 있었고 대만화와 중국화가 헛갈려서 가끔 중국에서 대만화를 대만에서 중국 인민화를 내는 실수를 하기도 했다. 언제나 비상용 달러와 엔화를 넣어 다녔다. 3년 연속으로 나는 생일 케이크를 상하이의 샹그릴라 호텔에서 '고객님의 생일을 축하합니다'라는 메시지와 함께 호텔 서비스로 받았다. 중국 수입상들과 저녁 식사를 마치고 돌아와서 테이블에 놓인 그 메시지와 케이크를 보고서야 '아, 오늘이 내 생일이었구나!' 하고 깨닫던 날들. 돌아보면 참으로 분주한 시간이었다.

그 많은 출장 속에서 건강하게 살아남을 수 있었던 것은 어디에서건 잘 자는 수면 습관 덕분이다. 11시간 반의 비행 중 나는 10시간을 잤다. 한 번도 깨지 않고 말이다. 한 번은 스튜어디스가 혹시 몸에 이상이 있는 건 아닌지 걱정이 돼서 나를 깨워볼 정도였다. 앉은 자세 그대로 미동도 없이 잠든 내가 아파 보였었나 보다.

해외 출장 없이 온전히 한 달을 한국에서 보내는 게 소원이었던 적도 있었다. 출장은 피곤하기도 하지만 일상의 리듬을 흐트러뜨린다는 게 문제다. 계절이 반대인 뉴질랜드로 갈 때는 한겨울에 여름 옷을 챙겨야 하고 공항에 내릴 때마다 정반대의 기후에 재빠르게 적응해야 한다. 또한 시차적응을 위한 수면 시간 안배를 잘 해야 다음날 회의 시간에 졸지 않는다. 내 나라가 아닌 곳, 나의 근거지가 아닌 곳에서 갖게 되는 어찌할 수 없는 스트레스들을 일상처럼 가볍게 넘기는 법을 배워야 한다는 것도 출장의 스트레스다.

또한 잦은 출장은 무엇 하나 지속적으로 배우거나 시도할 시간을 주지 않는다. 가뜩이나 결심하기도 힘든데 막상 힘겹게 정하고 헬스클럽이나 요가 센터에 등록해도 두어 번 나가고 나면 4박 5일씩 출장이 걸리고 출장 가기 전 준비와 다녀와서 일로 또 바쁘다 보면 어느 사이 다시 한 주가 훌쩍 지나 있었다. 실제로 한 달 등록했던 한 헬스클럽은 결국 이틀 나가고 말았다. 등록한 당일과 사물함의 운동화를 찾으러 간 마지막 날 이렇게 이틀이었다. 이번에는 같은 실수를 반복하지 않겠다는 결심으로 쿠폰제 요가 센터에 등록했는데 그때 산 스무 장의 쿠폰을 1년 동안에도 다 사용하지 못했다.

처음 출장을 갈 때는 외국 영화에 나오는 것처럼 옆 자리에 근사한 남자가 앉아서 새로운 로맨스가 일어나지 않을까 설레기도 했었다. 무수한 드라마와 영화의 영향으로 영화 〈러브 어페어〉처럼 운명의 사람을 만나 비행기가 불시착하는 행운까지는 아니어도 솔직히 근사한 로맨스의 시작이 비행기에서 시작되는 그런 기대들이 있었다. 그러나 한두 해 지나면서 그저 대화라도 재미있는 사람이 옆에 앉았으면 하는 바람뿐일 정도로 기대치가 점점 내려갔다. 언젠가 파리로의 출장. 12시간쯤 걸리는 비행인데 비슷한 연배의 남자가 옆 좌석에 앉았다. 12시간 비행이 지루해 서로 "왜 프랑스에 가나?" "어떤 비즈니스를 하나?" 등의 이야기를 가볍게 나눴다. 그때 알게 되었다. 세상에는 여자보다 더 수다스러운 남자가 존재한다. 거의 12시간 꼬박 그 사람의 인생 역전과 성공 스토리를 들어야 했다. 내가 그 사람의 전기 작가가 될 것도 아닌데 어찌나 쉬지 않고 말을 하던지. 그 이후 나는 공항에서 체크인을 할 때 항공사 직원에게 친절한 미소를 지으며 "혹시 가능하면 옆 좌석 비어 있는 걸로 주세요"라고 말한다. 장시간 비행에서 가장 좋은 건 '옆이 빈 자리'이고 그 다음은 '옆 사람이 전혀 말을 걸지 않는 것'이라는 사실을 〈러브 어페어〉의 환상이 깨지면서 깨달았다.

2005년 겨울, 마른 기침이 멈추지 않아 이비인후과를 찾았다. 그 겨울에는 출장이 계속해서 일주일 간격으로 있었는데 한겨울의 서울에서 한여름의 뉴질랜드로 갔다가 다시 서울, 광고 촬영을 위해 다시 한여름의 필리핀으로 갔다가 서울, 그리고 다시 뉴질랜드에서 일본으로 이어지는 출장의 나날들을 보내고 있었다. 병원에서 그렇게 극단적으로 반대되는 계절을 왔다 갔다 하면 몸에 상당한 무리가 온다고 했다. 한 달에 많으면 세 번까지 뉴질랜드에 다녀오곤 했던 시절. 한 번에 11시간 반이 걸리는 비행. 늘 같은 호텔, 고만고만한 미팅들. 우리 입맛에는 심심하기만 한 뉴질랜드의 식사와 와인 몇잔. 그나마 미팅이 끝나면 그 좋다는 경치 한 번 제대로 즐길 사이 없이 부랴부랴 다시 짐을 싸서 한국으로 돌아와야 하는 출장은 지성보다는 육체적 강인함을 필요로 했다. 너무 잦은 해외 출장은 낯선 곳으로의 셀렘보다 몸이 축나는 중노동인 게 분명하다.

글로벌 시대라고들 한다. 진짜 그런 것 같다. 이제는 해외 출장이 일상의 한 부분이 되어가는 시대다. 이 글로벌 시대에 살아남고 출장에서 잘 견뎌내려면 무엇보다 체력이 우선되어야 한다.

168

중국의 마케팅 매니저를 맡으면서

언제나 할 수 있는 능력보다 과도하게 욕심을 부리는 나는 제스프리 한국 시장에 이어 중국까지 맡게 되었다. 한국 시장만으로는 너무 작아 지루하다고 입버릇처럼 말을 했고 기회가 날 때마다 다른 시장도 내게 맡겨 달라고 아시아 사장에게 건의하기를 한두 해, 드디어 새롭게 진입하는 중국 시장을 맡아보라는 제안을 받았다.

"좋아, 중국, 한번 해보자." 다들 기회의 나라라고 하지 않는가. 거기서 내가 무엇을 할 수 있나 경험해보자는 마음으로 기꺼이 새로운 임무에 뛰어들었다. 그리고 꼬박 1년 동안 한 달에 두 번씩이나 중국을 오가며 강행군을 했지만 중국에서 나의 성과는 기대 이하였다.

무엇보다 나는 중국을 몰랐던 것이다. 중국 시장에서 제스프리는 키위만의 브랜드가 아니다. 중국에는 뉴질랜드에서 봐도 똑같아 보이는 제스프리라는 브랜드가 스무 개가 넘는다. 제스프리 키위의 시장 진입이 성공을 거두면서 중국에서는 길거리에서조차 중국산 제스프리 사과, 제스프리 복숭아, 제스프리 배를 볼 수 있었다. 모든 과일들이 제스프리 로고를 붙이고 있는 것이다. 여기에 법적인 대응을 해야 한다는 원칙이 있었지만 그야말로 '어떻게'였다. 어떻게 중국의 어느 구석에 있는지도 모르는 그 많은 공급자들을 찾아내어 일일이 소송을 할 수 있단 말인가?

또한 나는 중국의 문화에 철저히 무지했다. 사실 중국 상하이 그중에서도 푸동에 가면 그곳은 마치 중국이 아니라 뉴욕의 한복판 같다. 높이 솟은 빌딩들과 넘쳐나는 외국인들, 영어만으로 아무런 불편이 없는 푸동의 비즈니스 환경. 그러나 나와 함께 일하는 이들이 영어를 잘 구사하고 서양식 호텔에서 함께 식사를 하며 서구적 비즈니스를 논한다고 해도 그들은 결국 중국인임을 나는 잊고 있었다.

모두가 아는 것처럼 중국에 자유 시장 경제의 개념이 도입된 것은 그리 오래되지 않았다. 중국 정부의 입장이 어떠하건 그곳에서 일하는 사람들에게는 아직도 공산주의식 사고들이 내재되어 있다. 즉 자율성이라는 것을 그다지 찾아볼 수 없다는 것이다. 중국에서 골드키위의 론칭 행사를 하면서 그 점을 뼈저리게 깨달았다. 보통 한국에서 행사 관련 미팅을 하면 대략의 기획으로 행사 대행사와 내가 합의를 이루고 어떻게 진행할 것인가에 대한 일정 부분의 세부안을 컨펌하면 행사는 대행사의 주관 아래 치른다. 그러나 중국에서는 그렇지 않았다.

한국에서는 으레 알아서 진행될 사항들도 지시를 하지 않으면 진행하지 않는다. 보통 행사 장소를 예약하고 초대 손님 명단을 결정하고 그날의 행사 프로그램 정도만 정하면 나머지는 매뉴얼대로 움직이면 되는데 그 '매뉴얼대로'라는 것이 매뉴얼이 없는 곳에서 얼마나 큰 의미를 가지던지. 당시 내가 만났던 중국 대행사의 직원들은 전적으로 '시키는 대로 한다'였다. 하나에서 백까지 빽빽하게 정리해서 일일이 점검해야만 했다. 물론 지시 사항들은 잘 지켜졌지만 유연성이라든가 각 상황에 맞춰 알아서 대처하기 등은 기대하면 안 되었다.

손님을 맞이하는 매너부터 안내와 의전 등 한국에서는 당연시되는 것들이 하나도 당연하지 않은 상황. 어디서부터 챙겨야 하는 건지 종종 미로 속에 있는 기분이었다. 중국에서의 업무는 거의 모든 것이 내가 지시해놓은 선에서 끝나 있었다. 생각이나 상상력이 없는 사람들과 일한다는 것의 어려움을 그때 알았다. 그들에게 일은 지시된 사항을 배달하는 것이지 '경쟁력 있게, 남보다 다르게, 조금 더 고민해서, 뭔가를 차별화해서' 같은 사항들은 아예 개념이 없었다.

결국 문제는 일체화다. 중국에서 매니저로 성공하려면 그곳에 살면서 그들의 말을 배우고 그네들의 생활 속에서 그 시장을 읽어야 했다. 영어를 잘하는 직원 몇을 둔다는 것이 결코 문제의 해결점이 아니라는 기본 원칙을 잊었던 나의 경솔함을 탓할 수밖에 없었다.

한국에서의 작은 성공에 도취되어 외국계 회사의 매니저라는 타이틀의 화려함 이면에 담긴 땀들을 소홀히 했던 것이다.

한 달에 두 번의 출장은 내게 체력적인 짐이었고 계속되는 호텔 생활은 처음에는 근사했으나 곧 참을 수 없는 삭막함으로 다가왔다. 비록 말로 표현하지는 않았지만 중국 직원들이 보기에 비행기 여행에 호텔과 비싼 식사까지 내 삶이 얼마나 호사스럽게 보였을까. 그런 것에 나는 세심하게 신경을 쓰지 못했다. 전혀 모르는 시장에서 처음부터 배운다는 생각으로 중국의 문화와 과일 시장의 바닥부터 알아가야 했던 것이었다.

좋은 점도 많았다. 내가 제스프리 차이나를 위해서 한 일에 비해 과분하게 많은 중국을 배울 수 있었다. 중국에서 비즈니스를 한다는 건 치킨 게임과 비슷하다. 누군가 먼저 조바심을 보이는 사람이 지게 된다. 이렇게 말해준 아시아 사장의 이야기가 새삼 가슴에 와닿았다. 제스프리 아시아 사장이 중국에 3박 4일 일정으로 출장을 왔는데 3일 내내 중국측 파트너들은 거창한 저녁 식사만 즐길 뿐 어느 누구도 비즈니스 이야기를 꺼내지 않았다고 했다. 일정을 끝내고 공항으로 떠날 시간이 되어서야 그들은 비즈니스의 본론을 말했다고 한다. 아시아 사장도 대만인이었지만 일본에서 오래 살았고 다국적 기업에서의 다년간의 트레이닝으로 그에게도 중국은 낯선 시장이었던 것이다.

2년 뒤 중국 시장은 중국인 매니저를 맞았고 지금은 중국의 시장 성장과 더불어 빠른 속도로 제스프리도 성장하고 있다. 중국 매니저로서의 경험은 공룡의 꼬리뼈만 살짝 만져보았다는 기억으로 남았다. 언젠가 다시 중국 시장에 나의 제품을 가지고 진출할 기회가 있다면 그때는 철저한 현지화를 시도할 것이다. 나에게 중국은 꼭 한 번 다시 도전하고픈 시장으로 남아 있다.

외국계 회사의 정치판에서 살아남기

막연히 외국, 특히 서양인들은 한국인보다 더 합리적이고 이성적일 것이라고 생각한다면 착각이다. 내가 아는 한 서양인들은 제도와 서열에 절대 복종한다. 상사의 말에 불만을 표시하거나 퇴근 후 안주거리로 삼거나 더 나아가 상사가 시키는 일이 자신의 생각과 다르다고 해서 굼뜨게 움직이는 것은 상상할 수 없다.

제스프리 초년병 시절에 윗사람과 의견 충돌이 있었던 적이 있다. 나는 화가 나서 "네가 전에 이렇게 말하지 않았나, 이제 와서 왜 말을 바꾸냐"고 따져 물었다. 놀랍게도 그 상황에서 뉴질랜드 직원 누구도 내 편을 들어주지 않았다. 오히려 한 친구가 조용히 말하길 "그 사람은 그런 말을 한 적이 없다"고 했다. 상사가 생각을 바꾸는 순간 그것은 절대적 결정이 된다. 아랫사람들은 어떻게 하면 충실하고 효율적인 방법으로 바뀐 결정 사항을 실행할지를 고민해야 하는 것이지 결정에 대해 이의를 제기하지 않는다.

외국계 회사에서 상사의 권한은 명확하고 내가 그보다 아래라는 것은 그의 결정에 전폭적으로 따라야 한다는 의미이다. 아무리 유능한 직원이라고 해도 그것을 거스를 수 없다. 내가 가진 좋은 의견은 단지 제안 사항일 뿐이다.

제스프리에서는 보통 의사결정을 할 때 담당자들이 시장을 분석하고 앞으로의 방향에 대해 몇 가지 가설을 만든다. 그리고 자신의 추천안을 내고 거기에 합당한 이유를 설명한다. 그러면 윗사람이 그중 하나의 제안을 선택하거나 또는 자신의 결정을 지시한다. 여기서 나는 많이 부딪혔다. 제안서를 만들다 보면 나의 제안이 정답이라는 확신을 가지게 된다. 그래서 거기에 맞는 논리를 개발하고 상사가 나의 제안을 받아들이길 원한다. 그러나 불행히도 상사는 내가 몇달에 걸쳐 만든 보고서와 전혀 상관없는 지시를 내리거나 나의 추천이 아닌 기타 제안 사항 중 하나를 선택하는 것이다.

많은 사람들이 고민하고 의논했던 일들이 아무것도 아닌 것이 되는 순간이다. 그럴 때마다 나는 불만을 터뜨렸다. "아니 그러면 처음부터 그 방향으로 지시를 하든가. 제안을 하나도 듣지 않을 거면 그냥 지시를 하지 보고서는 왜 만들게 해?" 나는 불만들을 마구 터뜨렸다. 그러나 다음날 회의에서 뉴질랜드 직원들은 이미 상사의 지시가 왜 옳은지에 대한 논리 개발에 들어간다. 그리고 어떻게 하면 잘 시행할 수 있는가를 의논한다. 불만을 품고 여전히 씩씩거리고 있는 나는 순진한 바보인 것이다.

그들이라고 자신들의 제안이 받아들여지지 않는 것에 왜 불만이 없었을까. 그러나 그들은 철저히 공사를 구분했다. 개인의 의견은 중요하지 않다. 자신의 역할은 지시사항을 따르는 것이지 결정권자가 아님을 명확히 알고 있었다. 내가 분위기 파악을 못하고 투덜거리면 동료가 슬쩍 들려주는 한마디. "Hee Jeung, he is the boss." '억울하면 출세하라'라는 말은 외국 기업에서도 동일하게 적용된다.

타협이 적성에 맞지 않는 나는 그래서 힘들었다. 영어에서 흔히 쓰이는 'Career Limited Move'를 자주 실행했다. 우리말로 하면 '승진을 가로막는 행위' 정도 되겠지. 그때는 그게 용기 있다고 생각했다. 그런데 살아보니 CLM은 CLM이 맞았다. 외국계 회사에서 상사와 정면으로 부딪히는 건 한국 회사에서처럼 바른 생각이라고 해도 결코 현명하지 못한 행동일 뿐이다.

뉴질랜드 직원을 한국에 파견해달라고 요청한 적이 있었다. 일을 하다 보면 뉴질랜드와 관련된 일이 많은데 아무래도 영어가 모국어인 직원이 있으면 편할 것 같아서였다. 잠깐이었지만 뉴질랜드 직원과 일을 하면서 외국인이 얼마나 무섭게 조직에 충성하는지에 놀랐다. 뉴질랜드 대사관의 저녁 초대, 새로운 직원을 소개시킬 겸 함께 참석했다. 거기서 뉴질랜드 상무관이 "한국이 어떠냐? 한국에는 얼마나 머물 거냐?"라고 그에게 물어보았다. 그때 뉴질랜드 직원의 말이 "It's up to my boss(그건 나의 상사 결정 사항입니다)"였다. 그러면서 나를 돌아보고는 "Boss, what do you think?(어떻게 생각하세요)" 하고 물었다. 솔직히 놀랐다. 나라면 "글쎄 여기서 한 3 년 있고 싶은데 모르죠. 상황이 어떻게 될지"라고 대답했을 것이다.

그 친구라고 자신의 의견이 왜 없었겠나. 자신의 인사권을 가진 사람이 있는 자리에서 자신의 의견을 피력하지 않는 정치력이 필요한 것이다. 예전의 나라면 '어떻게 이렇게 입에 발린 말을 할 수 있을까'라고 생각했을 것이다. 그러나 그게 아니다. 회사는 조직이고 조직은 그 룰을 따르는 사람을 원한다. 돌아보면 나는 인사 결정권을 가진 아시아 사장 앞에서도 편안하게 "앞으로 2~3년쯤 제스프리에 더 다닐까 해요"라든지 "제스프리는 이제 지루해요. 언제쯤 그만두고 싶어요"라는 이야기들을 했었다. 마치 내가 나의 인사 결정권을 가진 듯이. 그러나 사실 상사는 내 의지와 상관없이 나와 재계약을 하지 않을 수도 있다. '자리에 연연하지 않을래요. 언제라도 떠날 수 있어요'라는 마음을 가지고 있다고 해도 차후에 그만두면 되는 것이지 그것을 회사 사람들에게 피력하는 것은 진정 Career Limited Move였다.

외국계 회사는 모든 의사결정을 문서화한다. 한국 회사에서 구두로 보고하고 의논할 수 있는 일도 문서로 남긴다. 해외에 있는 동료들과의 의논 사항이 더 많았던 나는 이메일을 쓰는 게 귀찮아서 전화 통화를 좋아했다. 그런데 서로 통화하고 합의한 내용에 대해 그들은 꼭 다시 이메일을 보내왔다. '우리가 통화로 동의한 내용은 이러저러했고 그 동의에 따라 나는 이렇게 하겠다'라는 내용의 메일이다. 책임 소재를 명확히 하기 위해서 기록을 남기는 것이었다. 나중에 혹시 문제가 생기면 그때의 기록을 근거로 책임을 따졌다. 그것은 책임을 가려야 할 때 자신이 다치지 않을 수 있는 최소한의 자기방어책이었다.

외국계 기업에 대한 막연한 동경은 접었으면 한다. 외국계 기업에서 한국 여성들이 살아남기란 그리 녹록하지 않다. 여성들에게 성차별이 없는 외국계 기업이라는 환상도 있는 것 같다. 그러나 외국계 기업에도 성차별은 보이지 않는 벽으로 존재한다. 제스프리의 경우만 보더라도 여성이 주요 매니저 자리를 맡는 경우는 홍보나 마케팅 분야가 아니라면 전무하다. 과일, 특히 여성들에게 어필해야 하는 제품을 판매하는 회사지만 여성 임원은 한 사람도 없다.

자기 나라의 여성들에게도 성차별이 존재하는 그곳에서 한국 여성이 성공하고 임원이 된다는 것은 어쩌면 한국계 회사에서보다 더 많은 정치력이 요구된다.

농산물의 브랜드화로
성공한 제스프리

제스프리라는 회사는 뉴질랜드 정부가 세계 시장 개방화를 표방하며 정부의 농가 지원을 전면 중단한다는 강경 노선 표명 이후 뉴질랜드 키위 농가들이 단합해 만들어낸 뉴질랜드 키위 판매 법인이다. 10년 전 시작된 이 회사는 2003년과 2004년 연속해서 뉴질랜드 우수 해외 수출 기업상을 받으며 세계 60여 개국에서 약 10억 달러의 판매고를 올리고 있다.

제스프리처럼 농가의 이익을 대변하기 위해 설립된 회사가 잘 운영되려면 농가와 회사 간의 신뢰가 전제되어야 한다. 때문에 제스프리의 최대 운영 원칙은 경영의 투명화다. 뉴질랜드 키위 농가들은 홈페이지를 통해 언제라도 제스프리의 판매 현황과 각 나라별 발생 경비 현황을 체크할 수 있고 자신들의 키위가 올 한 해 얼마만큼의 수익을 낼 것이라고 미리 예상할 수 있는 시스템을 갖추고 있다. 때문에 각 나라의 매니저들은 제스프리 본사의 임원진들뿐만 아니라 뉴질랜드 농가의 한 사람 한 사람이 자신의 경영 실적을 체크하고 있다는 그 소리 없는 압력을 수시로 느끼게 된다.

제스프리와 뉴질랜드 농가 간의 동의 사항은 단순하다. 제스프리가 농가에게 요구하는 것은 처음도 마지막도 품질이다. 당도 높은 고품질의 키위를 생산해줄 것. 뉴질랜드 농가가 제스프리에게 요구하는 것은 그들이 소중히 길러낸 제품이 최고의 가격을 받을 수 있도록 해주는 것뿐이다. 제스프리 지사장들은 뉴질랜드 농가들과의 미팅에 참석해서 시장 상황에 대한 현장의 목소리를 들려주는 역할을 한다. 여기서 물론 의견 차이가 날 수 있다. 지사장들의 입장에서는 아시아에서는 무조건 커다란 키위보다 당도가 높은 키위를 요구하는데 '왜 사이즈가 큰 걸 재배하는가? 왜 당도를 더 높이지 못했나?' 하는 불만들이 나오게 되고 농가 입장에선 좀더 좋은 가격을 받을 수도 있었는데 시장 상황 분석을 잘못한 것 아니냐는 불만이 있을 수 있다. 그러나 그런 비난 역시 건강하다고 생각된다. 서로에 대한 불만을 털어놓고 다시 각자의 자리에서 서로가 서로에게 동의한 사항에 대해 최선을 다하는 모습을 보이는 것, 이것이 제스프리의 경쟁력이다.

제스프리는 뉴질랜드 정부의 지원을 전혀 받지 않는다는 면에 있어서 상업적인 회사이지만 뉴질랜드 농가가 주인이기에 어느 곳보다 농가의 철학이 바탕이 되는 곳이기도 하다. 국내 농가와의 자리에서 우연히 유기농 농산물에 대한 논쟁을 벌인 적이 있었다. 웰빙이 트렌드인 시대에 유기농 농산물을 재배해서 제품에 프리미엄 가격을 받을 수 있는 정책을 펴야 한다고 역설하는 사람에게 내 의견은 다르다는 생각을 조심스레 전했다. 제스프리 키위 농가에도 유기농만을 고집하는 농장주들이 있다. 그러나 그들은 프리미엄 가격을 받기 위해 유기농 키위를 재배하는 게 아니다. 유기농 키위 농가들은 그들의 삶의 철학이 그러한 것이다. 지구의 환경보호 차원에서 유기농 재배를 고집한다.

제스프리 일을 시작하기 전까지만 해도 농산물은 나와는 거리가 먼 이야기였다. 자연히 FTA, 한국 농산물 시장의 어려움, 농가의 정부 지원 같은 것들은 내 삶과 전혀 무관한 화제들이었다. 그러나 제스프리를 맡으며 조금이나마 농산물 시장을 이해하게 되었다. 한국에서도 FTA와 관련해 많은 논의들이 오간다. 특히 농산물 시장은 언제나 민감한 화제다. 쌀 시장 개방은 어떻게 할 건지, 한국 농가는 어떻게 보호해야 하는지, 한국 농산물의 경쟁력은 무엇인지에 대한 많은 의견이 있다.

나는 농산물 시장 개방 정책의 전문가가 아니다. 그러기에 개방을 적극 찬성하지도 무조건 반대하지도 않는다. 뉴질랜드가 농산물 시장을 전면 개방하고 FTA를 강도 높게 실현하는 것은 자국의 인구가 400만 밖에 되지 않아 내수 시장으로는 승부할 수 없는 그 나라의 특성에 따라 결정된 것이지 그것이 결코 세계 시장 개방화라는 물결에 의해 선택된 결정이 아니라는 점은 분명한 듯 보인다. 나는

FTA에 대해 아직 뚜렷한 결론을 가지고 있지 못하다. 유럽의 선진 국들도 자국의 농산물에 대한 보호 관세를 유지하고 있고 미국에서도 농산물 보호 정책을 중단하지 않는다. 단지 의문인 것은 개방화 시대에 국내 농산물 보호를 위해 단식하고 시위하는 것만이 정답일까라는 것이다.

제스프리 키위가 한국에 진입하는 데 가장 민감했던 이슈 중의 하나가 '어떻게 하면 국내 농가와의 마찰을 최소화할 것인가'였다. 남반구에 있는 뉴질랜드의 농산물은 북반구의 한국산과 출하시기가 겹치지 않기 때문에 직접적인 마찰이 일어날 기회가 드문 편이다. 그럼에도 불구하고 한국 농가의 정서가 있고 소비자들의 외국산 농산물에 대한 불신이 있기 때문에 제스프리로서는 국내 농가와 손을 잡고 상생의 길을 찾는 것이 이상적인 해결 방안이었다.

당시 국내 참다래 키위 영농 조합을 맡고 있던 정운천 사장은 국내 키위 농가의 수익 확대를 위해 외국산 농산물을 수입하자는 주장을 편 분이다. 국산 농가 조합에서 외국산 농산물 수입이라니 도저히 용납될 수 없는 사회 분위기였지만 생각해보면 국내산 참다래는 11월에나 출시되어 다음해 4월이면 판매가 끝난다. 뉴질랜드 키위는 5월에 한국에 들어와서 11월쯤 판매가 끝나기 때문에 국내 키위 농가 입장에서는 키위의 매대를 1년 내내 지속적으로 유지하면서 국산 판매가 없는 시기에도 키위 시장을 유지할 수 있는 좋은 파트너가 될 수 있다.

우여곡절 끝에 참다래 영농 조합의 별도 법인인 '열매 나라'가 제스프리 키위의 수입업체로 선정되었고 뉴질랜드산 키위는 국내 농가와 함께 키위 시장의 점유율을 높여왔다. 국내 농가와 뉴질랜드 키위의 조인식이 있기로 한 전날. 조인식은 해남에서 개최될 예정이었고 나는 일본에서 오는 매니저와 함께 하루 전에 해남에 내려갈 예정이었다. 그런데 예상치 않았던 폭설이 내렸다. 폭설로 비행기는 이미 끊어진 상태였다. 어렵게 김포공항에 도착한 우리는 그곳에 차를 버리고 다음 교통편을 모색해야 했다. 제스프리에게도 해남 키위 농가에게도 그 조인식은 상징적 의미가 있었고 우리는 그 행사에 꼭 참석해야만 했다. 다행히 김포공항에서부터 지하철을 이용해 서울역에 도착했다. 그러나 이미 서울역은 인산인해를 이루었고 광주발 열차가 언제 출발할지 티켓이 있어도 무작정 기다려야 하는 상황이었다. 앉을 곳도 마땅치 않았던 서울역에서 장장 7시간을 기다린 끝에 우리는 광주행 열차를 탈 수 있었다. 새벽 6시에 집을 나서서 광주에 도착하니 자정이 넘었다. 꼬박 18시간을 길 위에서 보낸 셈이었다. 당시 나는 임신 2개월이었고 그런 강행군을 하기에 위험할 수도 있는 상황이었다. 다행히 광주에는 그리 많은 눈이 내리지 않아 다음날 새벽 우리는 무사히 해남에 도착해서 국내 참다래 키위 농가와 조인식을 할 수 있었다.

뉴질랜드산 키위는 45퍼센트의 수입 관세를 내고 한국에 들어오는데 반해 국내 키위는 당연히 수입 관세가 없다. 더욱이 뉴질랜드에서부터 한국까지 2주 가까이 걸리는 배편을 감안하면 물류비도 비할 바가 못 된다. 그러나 뉴질랜드산 키위와 국내산 키위가 시장에서 팔리는 가격은 거의 동일하다. 국내 키위 농가는 뉴질랜드산 키위의 가격이 올라갈수록 어쩌면 더 득을 보게 되는 시스템인 것이다. 뉴질랜드 키위의 시장이 커질수록 그 뒤를 이어 판매하는 국내산 키위의 판매도 함께 호조를 보이는 현상이 이어졌다.

제스프리는 국내 키위 농가와의 합동 마케팅을 기획하기도 하고 국내 농가의 뉴질랜드 방문을 주선하기도 하며 서로 정보를 주고받는 관계로 성장했다. 국내 생산량이 많은 철이면 뉴질랜드산 수입량을 조절해서 시장에서 빨리 빠지는 법을 강구했고 국내에 흉작이 들어서 다음해 4월 이전에 국산 키위가 시장에서 다 소비된다고 판단되면 뉴질랜드산 수입 일정을 앞당기기도 했다.

정운천 사장은 국내 농가는 반드시 외국 농산물과 싸워야 한다는 고정관념에서 벗어나 상생의 길을 모색하는 유연함을 보였고 그것이 제스프리 키위가 국내 키위 농가와 함께 커나가는 발판이 된 것이다.

비즈니스의 세계에서는 적이 훌륭한 동지가 될 수도 있다는 것을 직접 실천한 정운천 사장 덕분에 뉴질랜드 키위가 한국에 순조롭게 착륙할 수 있었다. 세계 경쟁의 시대, 사방이 경쟁자로 둘러싸인 시대에 누군가는 우리의 파트너가 될 수 있어야 한다. 물론 외국계 회사들과의 연대만이 우리의 경쟁력을 강화시키는 것이라고는 생각하지 않는다. 단지 열린 마음과 유연함으로 파트너를 고를 수 있는 눈을 가진다면 세계 시장에서 우리의 경쟁력이 한층 높아질 수도 있을 것이라는 의견이다.

요즘 한국에서도 농산물의 브랜드화에 대한 필요성들이 많이 제기되고 있다. 한국 시장의 개방화를 앞두고 경쟁력 있는 브랜드 부가가치를 만들기 위해 새로운 시도들이 이어지고 있다. 소비자들이 더이상 단지 국산만을 고집하던 시장의 분위기가 변하고 있다. 한국 농산물이 세계와의 경쟁에서 살아남기 위해서는 한국의 배, 사과, 포도 들이 단순히 신토불이 브랜드 또는 생산 지역만을 상징하는 브랜드 전략에서 벗어나야 한다. 이제는 국내 농산물도 자체의 고유 브랜드를 가진 차별화된 제품으로 거듭날 준비를 해야 하는 단계이다.

나는 한국의 뛰어난 마케팅 인재들이 한 번쯤 농산물 브랜드 마케팅에 도전해보았으면 한다. 한국 키위 농가들이 연대해서 고품질의 농산물을 키워내고 신뢰를 바탕으로 그 제품을 전문적으로 세일즈하고 마케팅할 수 있는 시대가 조만간 오리라 믿는다. 그래서 우리도 제스프리 이상으로 세계적으로 통용될 수 있는 농산물 브랜드를 가졌으면 한다.

마케팅, 비즈니스보다 열정

제스프리의 1월은 한 해의 마케팅을 기획하고 올해의 세일즈 물량을 예측하는 것으로 시작된다. 제스프리 키위는 5월에야 한국 시장에 선보이지만 세일즈 마케팅 계획은 1월부터 꼼꼼히 준비된다. 제스프리는 외국계 컨설팅사의 시장 분석 기법을 바탕으로 한 해 시장에 대한 예상 기획안을 요구한다. 이 기획서를 쓰다 보면 기획서를 위한 기획서를 쓰고 있다는 생각이 든다. '책상 행정'의 전형인 예를 여기서도 보게 되는데 15억이나 들인 보스턴 컨설팅사의 기획안에 맞춰 시장 분석 기획안을 쓰다 보면 '도대체 이렇게 과일 시장을 모르는 가이드라인이 있을 수도 있나' 하는 생각이 들 때가 있다. '외국 회사, 특히 이름 높은 컨설팅 회사는 효율적이고 능력이 있다'는 선입견을 깨뜨리는 이런 예들은 제스프리 내에서 어렵지 않게 경험할 수 있었다.

나는 M&A의 특수 상황이 아니라면 기업 경영에 대한 컨설팅이 필요 없다고 믿는다. 누구도 그 회사만큼 시장을 고민하지 않는다. 컨설팅은 조언일 뿐 복음서가 아닌 것이다. 나는 1월이면 보통 두 개의 시장 계획안을 마련했다. 한 해 한국 시장의 판매 전망과 마케팅 방법, 예산 편성 등에 대한 나의 기획안은 뉴질랜드 보고용과 내부 실천용 두 가지가 존재했다.

시장을 분석하고 예상 판매량을 결정하는 데는 두 가지의 접근이 있을 수 있다. 방어적일 것이냐 공격적일 것이냐. 이런 판단은 상당 부분 담당자의 기질을 바탕으로 한다. 사실 10퍼센트의 시장 성장을 목표로 하고 15퍼센트의 성장을 이룬다면 30퍼센트를 목표로 하고 15퍼센트를 이루었을 때보다 일을 더 잘하는 사람으로 평가받기 좋은 접근법일 것이다. 특히 숫자와 실적에 냉정하게 움직이는 외국 기업을 상대로 하면 방어적인 시장 분석이 더 힘을 얻을 수 있음은 당연하다.

지난 10년간 한국의 키위 시장 성장은 모두 나의 뉴질랜드 보고용 성장 예상치와 맞아떨어졌다. 그것은 모두 방어적인 숫자들이었고 그 숫자들에는 책임이 뒤따랐기 때문이다. 그러나 나는 내 개인적인 시장 예상치 숫자는 단 한 번밖에 맞춰보지 못했다. 해마다 100퍼센트 시장 성장을 목표로 했기 때문이었다. 언제나 목표 달성에 목말라 했고 한 해의 성적표를 받아 들고는 스스로의 결과에 실망하고는 했다. 비록 내가 제스프리의 다른 지사장들보다 높은 시장 성장률을 달성했다고 해도 말이다. 나의 무모한 100퍼센트 시장 성장 계획은 뉴질랜드에 보고하기 위함이 아니었고 나를 위한 계획이었기에 진심으로 그 목표를 이루기 위해 뛰었다. 주어진 과제가 아닌 스스로 부과한 기분 좋은 부담이었다.

일은 삶의 비균형을 요구한다. 흔히 일과 일상이 균형을 이루어야 한다고 말하는 자기 계발서가 많이 있다. 좋은 말인 것 같다. 살아보니 내 생활 없이 일에만 매달리는 것처럼 수명을 단축시키는 바보 같은 짓이 없다. 하지만 그 균형을 이루기가 참으로 난감하다. 적어도 내 경험으로는 일과 일상이 균형을 맞추기는 퍽이나 불가능했다. 어쩌면 대한민국의 치열한 직장 환경에서 그 균형을 맞춘다는 게 과연 가능한 일일까 의문이 들기도 했다.

요즘의 신입사원들은 자기 시간을 잘 지키고 칼퇴근을 하고 어영부영 쓸데없는 회식 자리에 끼지 않고 자기 자신을 추구하는 당찬 모습이 좋아 보인다. 하지만 그 모습 뒤로 한 번쯤 일에 미쳐 있는 이들을 만나고 싶다는 생각이 드는 것 또한 사실이다. 열정이 반짝거리는 눈빛으로 밤을 새워가며 정말 이게 나의 최선인가를 고민하는 모습을 보고 싶은 선배로서의 욕심이 있는 것은 어찌할 수가 없다. 이런 말을 하면 무슨 구시대적 스토리인가 하겠지만 그래도 나는 열정의 힘을 믿는다.

마케팅에 대한 많은 말들이 있다. 그러나 마케팅을 실행하는 이의 열정과 진정성이 없다면 어떤 좋은 마케팅 기법과 근사한 전략들도 성공을 보장하진 못할 것이다. 마케팅은 결국 '사람'이 하는 것이다.

그리고 그 사람의 '진정성'이란 건 다른 이에게도 전파된다.

한국의 기자들과 뉴질랜드로 출장을 갔을 때다. 마침 키위의 종묘가 뉴질랜드에 들어온 100주년 기념 행사가 있었고 수상까지 제스프리 행사에 참석해 전세계 언론들을 초청해서 기자 간담회를 가졌다. 그때 함께 동행했던 한 신문사 기자가 화요일자 한국 기사에 키위를 소개하고 싶다며 일요일까지 필요한 사진을 부탁했다. 행사는 토요일 오후에 끝날 예정이었고 난 일요일 새벽 5시 반경에야 한국에 도착할 예정이었다. 시간이 급박했다. 다음날인 금요일부터 수차례에 걸쳐 나는 뉴질랜드 홍보 담당자에게 그 사진을 반드시 이메일로 보내줄 것을 부탁했다. 그리고 12시간의 비행 끝에 일요일 새벽에 서울에 도착한 나는 곧바로 사무실로 향했다. 허겁지겁 열어본 메일에 부탁했던 자료 사진은 없었다. 일요일 한나절을 꼬박 기다려도 사진은 오지 않았고 그 홍보 담당자와 통화도 되지 않았다. 우여곡절 끝에 그 기사 사진은 그나마 한국에 있던 다른 것으로 대체되었지만 난 그 일을 잊을 수가 없었다.

뉴질랜드의 홍보 담당 매니저는 훌륭한 경력을 가지고는 있었지만 제스프리에 입사한 지는 6개월밖에 되지 않았다. 자연히 제스프리에 대해서 아직 많이 알지 못했다. 문제는 그 친구의 태도였다. 일에 익숙하지 않은 건 얼마든지 서로 인정할 수 있다. 하지만 적어도 담당자라면 책임지는 모습을 보였어야 했다. 60개국이 넘는 나라에 수출하는 기업의 세계 홍보를 책임지는 담당자로서 자각이 부족한 데 대해 나는 참을 수 없이 화가 났다. 주말, 좋다 쉬어야지.

요즘은 대한민국도 주 5일제 근무인데. 그러나 각 나라의 언론인들을 100명 가까이 초청해놓고 그것도 100년 만에 처음으로 프레스 오픈 행사를 했으면 적어도 그 주말에는 진행 상황들을 점검했어야 했다. 모든 손님들이 각자의 나라로 안전하게 돌아갔는지 더 필요한 자료는 없는지 먼저 확인해야 했다. 그게 아니라면 핸드폰 정도는 열어둬야 했다.

그 친구에게 장문의 이메일을 보냈다. '너의 전 경력이 무엇이었는지 나는 모른다. 그러나 확실한 건 하나의 브랜드를 해외 시장에서 키워나간다는 것은 네가 생각하는 것보다 많은 사랑을 필요로 한다. 내게 그 사진은 중요했고 난 그 기사가 잘 나오도록 도와서 한국의 소비자들에게 제스프리 키위를 더 많이 알리고 싶었다. 제스프리를 단지 일로서만 대하는 너에게 실망했으며 일에 대한 애정이 없는 홍보 매니저는 사양하겠다. 앞으로 홍보는 뉴질랜드와 상의하지 않겠다'는 요지였다.

그 친구가 내게 사과의 이메일을 보내왔지만 나는 그가 제스프리를 그만둘 때까지 그 담당자와 홍보를 논의하지 않았다. 나의 태도는 정치적으로 올바르지 않았고 뉴질랜드 본사에 다시금 한국 매니저는 까다롭다는 이미지를 심어주기에 좋은, 그다지 프로페셔널한 모습은 아니었다. 그러나 제스프리는 내게 열정을 다해 키우고 싶은 브랜드였다. 그 매니저가 나보다 훌륭하고 긴 이력을 가지고 있고 나이가 더 많았다는 건 문제되지 않았다. 나는 일에 대한 열정이 없는 이들과 일한다는 게 싫었다.

내가 한참 오버했는지도 모른다. 그러나 그 이메일을 쓰던 날 나는 울었다. 가슴이 아팠다. 겨우 자신의 제품에 대해 이 정도밖에 애정이 없는 사람이 제스프리 월드 와이드 홍보를 담당한다면 이 브랜드는 앞으로 어떻게 될까? 처음 제스프리라는 브랜드를 세상에 내놓을 그 초기 시절부터 함께했던 나로서는 열정과 꿈으로 이뤄놓은 브랜드의 성공이 후임자들에게는 그저 그런 일상의 비즈니스가 되어버린 사실이 슬펐다.

나는 일과 일상을 구별하지도 못하는 어리석음을 범하며 살아왔는지도 모른다. 나는 지금도 최상의 세일즈 마케팅은 내 제품을 사랑하는 데서 시작된다고 믿는다. 뛰어난 인재들이 쏟아져 나오는 세상이다. 인터넷만 뒤져도 쉽게 전략적인 마케팅안을 만들어낼 수도 있는 세상이다. 그러나 내 제품에 대한 열정과 뜨거운 가슴만은 인터넷 검색으로도, 잘 만든 기획서로도 가질 수 없는 '나만의 경쟁력'일 것이다.

한국 시장에 골드키위를 처음 들여왔던 2000년 봄, 불과 3만 박스의 키위를 6개월 동안 다 팔지 못해 쩔쩔맸었다. 그해 여름 수입한 키위는 해를 넘겨서도 재고로 남아 제스프리 판매사들을 얼마나 힘들게 했던가. 그러나 그로부터 6년 뒤 2006년에는 300만 박스 가까이 되는 골드키위가 한국으로 들어왔다. 100배의 시장 성장을 이룬 것이다. 이런 골드키위의 성공 뒤에는 나와 함께 리스크 테이킹을 마다하지 않은 수일통상의 석수경 사장이 계셨다.

제스프리의 한국 사무실은 키위를 직접 수입하지 않는다. 그래서 유통의 많은 부분들을 수입사와 함께 결정하는데 그중 수입 물량에 대한 부분은 수입사들에게 위험 부담이 따르는 결정이다. 골드 키위가 한국에 들어온 첫 해와 둘째 해는 수입사들에게 막대한 손실을 입혔다. 첫해 들어온 3만 박스는 해를 넘겨서도 팔리지 않아 수입사의 직원들에게 억지춘향의 선물로 건네지는 신세였다. 그럼에도 불구하고 나는 다음해 6만 박스를 한국에 들여와야 한다고 주장했고 다시 그 물량을 수입했던 수일통상의 석수경 사장은 그해 회사의 수익을 고스란히 골드키위의 손실을 메우는 데 사용해야 했다. 그리고 3년째, 한국의 골드키위 수입 물량을 의논하는 자리에서였다. 나는 올해는 30만 박스가 한국에서 팔릴 수 있을 거라고 자신했다. 왜냐하면 내가 그만큼 마케팅을 잘할 것이기 때문에. 6만 박스의 수입으로도 손실이 큰데 그 다섯 배를 수입하자는 나의 제안은 어찌 보면 터무니없는 것이었다.

아무리 좋은 마케팅을 한다고 해도 어떻게 그 마케팅의 성공을 보장할 수 있겠는가. 또 좋은 마케팅이라는 것이 반드시 세일즈의 증가를 의미하는 것은 아닌지 않은가. 과일 업계에서 새로운 과일이 시장에서 자리를 잡으려면 적어도 10년은 걸린다는 것이 정설이었는데 나는 그것을 3년 만에 이루어보겠다는 스스로의 목표를 가지고 있었다. "지난 두 해의 세일즈 실패는 마케팅 예산이 부족해서다. 어떤 수를 써서라도 뉴질랜드에서 골드키위 마케팅 예산을 따오겠다. 나를 한번 더 믿고 골드키위를 많이, 다섯 배 수입해달라." 당시 뉴질랜드 키위는 세 회사가 수입하고 있었는데, 세 회사의 대표들이 모두 모인 자리에서 누구도 선뜻 '내가 수입하마'라고 나서는 사람이 없었다. 지난 두 해의 처참한 숫자가 내가 지금 펼쳐 보이는 어설픈 핑크빛 약속들보다 훨씬 현실적이니 당연한 일이다. '이렇게 모두에게 이야기하는 것이 답이 아니겠구나. 일대일 대화를 하면서 설득하자'라는 생각이 들었다. 그래서 수입 삼사 대표들을 모두 각자 따로 만나 나의 황당한 제안을 다시 설명했다.

"이번에는 정말 골드키위 마케팅에 투자할 겁니다.""홍보도 강력하게 하고 광고도 제작하고 무엇보다 제가 최선을 다해 뛰겠습니다." 나의 공언은 자칫 허황되어 보였고 나의 약속은 치수화할 수 없었다.

그때 수일의 석수경 사장이 결정을 내렸다. "좋다. 내가 30만 박스 전량을 수입하겠다. 회사가 흔들리더라도 그 물량은 보장한다. 대신 당신은 약속했던 마케팅 프로그램들에 최선을 다해달라. 그것이 홍보이건 광고이건 세일즈 프로모션이건." 석 사장은 "젊은 여사장인 김희정 씨 당신에게 한번 걸어 보겠다"고 말씀하셨다. 지난 두 해의 손실에도 불구하고 말이다. 나와 동석했던 유잔 첸 아시아 사장은 그런 석 사장의 결정에 고마움을 표현했고 한국 시장에서 골드키위가 성공하게 된다면 이후 3년간의 수입 독점권을 석 사장에게 주겠다고 약속했다.

30만 박스의 골드키위 주문을 결정한 후 나는 최대치의 마케팅 예산을 한국에 배정받기 위해 노력해야 했다. 30만 박스를 전부 수입해도 전체 매출이 고작 200만 달러 정도 예상되는 때에 나는 광고

비만으로 60만 달러, 즉 수익이 아닌 매출 기준으로 30퍼센트가 넘는 금액을 광고에 사용하겠다는 비이성적인 계획을 세웠다.

뉴질랜드 농가에서 과연 이런 제안을 받아들일 것인가. 앞선 투자라고 설득당할 만큼 그들이 모험심을 발휘할 것인가. 매출의 30%가 넘는 예산으로 집행한 광고가 실패한다면 그리고 그 광고 예산을 받아내기 위해 약속한 키위 물량을 그해 한국 시장에서 팔지 못한다면 나는 해고될 수도 있었다. 더군다나 나를 믿어주고 지지했던 수일통상이라는 회사의 경영이 어려워질 수도 있는 상황. '괜히 일을 저지르지 말고 가늘고 길게 조금씩 시장을 키워나가면서 조금씩 마케팅 예산도 늘려가며 살자'라는 유혹이 마음 한켠에 없었던 건 아니지만 무엇이든 할 거면 화끈하게 해야 된다는 생각이 훨씬 더 지배적이었다.

당시 뉴질랜드에서는 마케팅과 세일즈에 대한 두 가지 이론이 검토되고 있었다. 하나는 세일즈의 총 매출을 늘려가면서 거기에 맞춰 일정 퍼센트를 마케팅 비용으로 책정하자는 안정안이었다. 그러나 내가 주장했던 것은 '3년간의 세일즈 성장을 고려한 3년치의 마케팅 비용을 먼저 지출하자. 시장은 1년 내에도 3년치만큼 커질 수 있다'는 '선투자'안이었다. 한마디로 도전적인 제안이었다. 닭이 먼저인지 달걀이 먼저인지는 언제나 시장 상황에 따라 다를 것이다. 제스프리의 다른 나라 지사들은 대부분 안정안을 택해서 가고 있었고 나는 그런 접근 방식이 지루하게만 느껴졌다. 그래서 설득해보기로 했다. "한국 시장을 한번 시험해보자. 먼저 저지르고 시장을 키워보는 것, 그것을 한국에서 한번 해보자."

제스프리의 CEO이던 토니 마크스를 만난 것은 그 즈음이었다. 다행히 토니는 중국으로 2주일간의 출장을 계획하고 있었고 중국 마케팅도 담당했던 나는 자연스레 회장의 출장에 동행할 수 있었다. "2주 안에 반드시 한국 마케팅 비용을 얻어내야지." 오직 그 마음 하나를 가지고 시작된 회장과의 출장은 내게 인생의 많은 가르침을 주는, 두고두고 잊을 수 없는 값진 경험이었다.

토니는 자신의 삶에 대한 이야기를 꾸밈없이 풀어놓으며 이제 막 발걸음을 내딛은 매니저에게 일을 한다는 것과 잘 산다는 것에 대한 외연을 넓혀주었다. 하버드 경영학부와 대학원을 졸업한 60대의 이 CEO는 살아보니 하버드 학과 과정에서 배운 경영 기법보다 자신이 교내 록그룹의 매니저를 맡아 아마추어 쇼비즈니스를 하면서 배운 것들이 더 많더라고 했다. 하버드에서 록그룹을 결성하고 그들의 매니저를 맡아 출연료를 협상하면서 비즈니스 협상에 필요한 모든 것을 배웠다고 했다. 또한 자신의 그룹을 알리기 위해 당시 인기 절정이던 롤링 스톤즈의 워밍팀 그러니까 본팀이 오기 전에 무대를 달구는 역할을 하면서 자신의 그룹 인지도를 쌓기 위해 노력했던 것들이 마케팅의 기본이었다는 말이다. 그분은 하버드 MBA의 어떤 과정보다도 현장에서 비즈니스 노하우를 습득했다. 내가 가슴으로 좋아하는 일을 하며 내가 좋아하는 사람들과 함께 쌓은 경험의 중요성에 대해 어떤 교실에서보다 명쾌한 강의를 들려주었다.

나의 광고 제안을 모두 듣고 토니가 내게 했던 말은 "Hee Jeung,

when is your last time taking any risk?(희정, 네가 모험을 시도했던 마지막이 언제였나?)"였고 나의 대답은 "Now(지금)"이었다. 이후 뉴질랜드로 돌아간 그는 나의 예산안에 동의해주었다.

그렇게 해서 대망의 제스프리 골드키위 광고가 2002년 6월 1일에 선보였다. 광고는 2002년 월드컵과 동시에 시작되었고 월드컵 열기 때문에 처음에는 전혀 반응이 없었다. 할인마트에는 제스프리 도우미와 매장 담당자들만 남아 있었고 그들도 저녁 6시 이후에는 매장 뒤편의 TV 중계석 앞에 모여 축구를 보는 상황이었으니 뭘 기대할 수 있었겠나. 나로서는 승부수를 던진 광고였고 석 사장님으로서는 회사의 운명을 건 도전이었는데도 불구하고 키위는 전혀 움직이지 않았다. 하긴 2002년 6월에 대한민국에서 맥주와 닭다리, 태극기 외에 무엇이 팔렸겠는가.

전혀 움직이지 않는 판매에도 불구하고 석수경 사장은 약속한 물량을 꾸준히 뉴질랜드에 주문했다. 창고에 재고가 쌓여갔지만 그분은 어떤 불평도 하지 않았다. 그러나 월드컵 직후인 7월 1일부터 거짓말처럼 골드키위 붐이 일었고 7월이 채 끝나기 전에 남아 있던 재고를 모두 팔아버렸다. 그해 뉴질랜드에 남아 있던 골드키위를 싹쓸이해와도 모자랄 정도로 잘 팔렸다. 그해 석 사장은 지난 두 해의 손실을 만회하고도 남을 만큼의 수익을 올렸다. 그리고 그 후 제스프리는 수일통상에 3년간 수입 독점권을 주겠다는 약속을 지켰고 수일통상은 제스프리의 성공 속도와 비례해 계속해서 성장했다.

수일통상이 빠른 속도로 성장하자 과일 업계에서는 석수경 사장에게 운이 좋은 사람이라는 부러움 반, 질시 반을 표시하기도 했지만 나는 그것이 결코 운이라고 생각하지 않는다. 당시 그분이 30만 박스라는 무모한 수입량을 보장해주지 않았다면 내가 어떤 마케팅 계획들을 가지고 있었더라도 나는 그것을 실행할 기회조차 가지지 못했을 것이다. 또한 토니의 예산 동의가 없었다면 그것을 보이지 않게 지지해주었던 아시아 사장의 지원 사격이 없었다면 제스프리 골드키위의 안정적 한국 시장 진입은 더 많은 시간을 필요로 했으리라. 결국 한 프로젝트를 성공시킨다는 것은 전략적 계획보다는 함께하는 이들의 열정과 공감이 아닐까?

새로운 시도,
광고를 제작하다

한국에서 골드키위 광고가 전파를 탄 지 6년째 접어들었다. 그동안 탤런트 윤다훈으로 시작된 골드키위 광고는 차승원, 신성우를 거쳐 정준호가 기용되었고 그린키위 광고는 황신혜를 모델로 기용했다.

광고를 집행하려면 광고 콘셉트, 모델 등 결정해야 할 일들이 신나게 많다. 우선 광고의 타깃을 정하는 게 중요했는데 지금도 비싸지만 한국 시장에 처음 들어올 때 골드키위의 가격은 강남의 백화점 같은 곳에서는 하나에 1500원씩 하기도 했다. 이 비싼 걸 누가 먹느냐가 고민이었다. 간단했다. 과일은 대부분 주부들이 구입한다.

그럼 주부들이 본인을 위해 비싼 과일을 살까? 그렇지 않다. 아이와 남편을 위해 과일을 구입하고 그중에서도 아이가 우위에 있음이 당연했다. 소비자 조사를 할 필요도 없었다. 주변의 유부녀들 중 99

퍼센트가 "애한테 좋다면 사지"라고 답했다. 그런 반응들 속에서 굳이 돈 들여가며 소비자 조사는 왜 하겠는가. 그래서 골드키위는 한국 시장에서 어린이 간식용 과일로, 아이들에게 좋은 제품으로 어필하기로 결정했다. 2006년까지도 아이들을 위한 영양 간식 골드키위라는 콘셉트는 계속해서 이어지고 있었다. 한국의 골드키위 광고는 언제나 아빠와 아이들의 즐거운 모습, 아이들이 쉽게 따라 부를 수 있는 재미난 '송 앤 댄스(노래와 춤이 함께하는) 광고'다. 키위를 떠서 먹는 모습들도 보여졌다.

어떻게 감으로 마케팅 타깃을 결정하느냐고 반문할 수 있겠지만 나는 원래 많은 돈을 들여 전문가를 고용한 컨설팅 결과는 잘 믿지 않는다. 누가 뭐래도 제품은 내가 가장 잘 알아야 한다. 내가 컨설턴트들보다 더 오래 더 많이 고민했고 마케팅에 있어 감 또한 중요하다. 여성들의 직관은 바람 피운 남자들을 수색할 때만 무섭게 발휘되는 게 아니다. 중요한 결정을 내려야 할 순간에 여성의 감을 무시하면 안 된다.

골드키위가 아이들을 대상으로 포지셔닝한 나라는 한국이 유일했다. 나라별로 시장에 맞게 또는 그 나라 매니저들의 판단에 따라 타깃이 정해졌다. 일본에서는 10대 여자들을 위해 잘생긴 꽃미남 배우가 모델로 출연하는 광고를 만들었고 유럽에서는 노년층을 타깃으로 했다. 대만에서는 연인에게 좋은 달콤한 사랑의 과일로 자리매김해나갔다. 결국 과일이란 게 온 가족에게 좋은 것 아니겠나. 그중에 누구를 맞춰 이야기를 풀어놓느냐가 타깃 마케팅이라는 기법이다.

광고 콘셉트를 결정한 다음에는 모델을 선정해야 했다. 기왕이면 근사한 아빠처럼 또는 삼촌처럼 보이는 남자가 나와야 하지 않을까? 아이들 과일 광고에 예쁜 여자 모델이 나올 필요가 없지 않나. 여자 모델들이 나와서 아이 제품을 광고하는 건 차별화가 되기 어려울 듯해서 남자 모델을 기용하기로 결정했다.

이와는 별도로 제스프리 그린키위는 여자들을 위한 다이어트 과일이라는 콘셉트가 정해졌다. 따라서 40대에도 여전히 20대의 몸매를 유지하고 있는 황신혜가 그린키위의 모델이 되었다.

5년 동안 제스프리 광고를 찍으며 사연도 많았고 추억도 많았다. 광고를 찍을 때의 고민은 대체로 세 가지이다. 우선 제품이다. 6월에 방영될 광고를 2월이나 3월에 촬영하려면 지난해 수확한 촬영용 키위를 보관해야 하는데 과일이다 보니 보관이 만만치 않다. 한 해가 지나면 과일이 너무 물러져서 촬영하기가 쉽지 않았다. 그렇다면 아직 수확하기에 이른 골드키위를 소량만 따서 뉴질랜드에서 비행기로 받은 후 특유의 노란 색깔이 나올 때까지 후숙시켜야 할까. 어떤 것도 쉽지 않았다.

다음이 촬영지의 문제다. 겨울에도 여름의 기운이 느껴지는 장소를 선정해야 했는데 처음 몇해 동안은 실내에서 세트 촬영을 했었다. 그러다 보니 푸른 풀밭 위에서 아이들이 자유롭게 뛰놀며 키위를 먹는 장면들을 넣을 수가 없었고 아이디어도 실내에서 촬영 가능한 것들로만 제한되었다. 제스프리 광고가 3년째 접어들자 실내 촬영의 한계가 느껴졌다. 그 문제를 해결하기 위해 신성우, 정준호 그리고 황신혜 편은 필리핀에서 촬영했다.

광고 촬영의 마지막 어려움은 모델을 선정하는 데 있다. 과연 누가 우리 제품에 가장 잘 맞는 이미지를 표현해줄 것인가? 제품의 이미지에 딱 맞는 모델을 결정하기란 쉽지가 않다. 하루가 다르게 높아지는 모델의 출연료 또한 문제였다.

광고 촬영에는 해마다 다양한 에피소드들이 있었다. 차승원의 경우 촬영 스태프들이 모두 대기하고 있는데도 모델의 영화 촬영 때문에 스케줄이 자꾸 바뀌어 결국 심야에 촬영을 감행했어야 했다. 촬영장에 늦게 도착한 그는 미안한 마음 때문에 더욱 다양한 표정 연기를 보여주었는데 당시 그가 먹어야 했던 100개가 넘는 골드키위는 뉴질랜드에서 갓 따왔기 때문에 익지 않아서 신맛이 아주 강한 상태였다. 입 안이 아리고 신맛 때문에 한입 베어 물면 절로 얼굴이 찡그려지는데도 그는 연신 웃으며 "달콤한 골드키위"를 외쳐주었다. 감독이 맛이 많이 신데 괜찮냐고 물으면 "그럼요. 돈 받고 하는 건데 열심히 해야죠"라며 피곤에 지친 스태프들을 즐겁게 해주었다.

윤다훈은 본인의 애드리브가 워낙 뛰어나 예상치 못한 대사들을 뱉어내기도 했는데 결국에는 그의 애드리브 대사가 광고 최종 시안으로 채택되기도 했다. 정준호의 경우는 광고주가 좋아할 수밖에 없는 모델이었다. 광고를 찍으면 연예 프로그램들이 촬영 협조를 요청하는데 대부분의 모델들은 매체 인터뷰하는 것을 꺼린다. 시간도 많이 들고 똑같은 질문에 반복해서 대답하기가 번거롭기 때문이다. 사실 모델과의 광고계약서에 이런 별도 인터뷰 조건은 없기 때문에 이건 순전히 모델의 결정 사항인데 광고주 입장에서야 모델이 더 많은 매체와 인터뷰를 해줄수록 자사의 홍보 기회가 늘어나는 것이기에 무척 바라는 사항이기도 하다. 정준호는 모든 매체와의 인터뷰에 단 한 번의 거절도 없이 응해주었다. 필리핀에서의 촬영 짬짬이 그 더운 정원에서 땀을 식히기도 전에 인터뷰에 꼼꼼히 답변해주는 모습이 인상적이었다.

내게 모든 광고 촬영은 특별했지만 그래도 가장 기억에 남는 것은 2005년의 광고다. 처음으로 그린키위와 골드키위 광고를 필리핀에서 한꺼번에 찍기로 결정했다. 촬영지가 해외인 만큼 비용이 많이 들었고 그만큼 더 좋은 광고가 나와야 한다는 부담감이 컸다. 그러나 필리핀 촬영은 출발부터 꼬이기 시작했다. 필리핀에는 골드키위가 없기 때문에 한국에 남아 있던 전년도 물량을 필리핀으로 공수해야 했다. 가뜩이나 계절을 넘겨 보관해온 키위인지라 너무 물러지지 않을까 노심초사했는데 다시 비행기로 필리핀으로 보내고 그 더운 곳에서 두었을 때 과연 촬영할 때까지 키위가 멀쩡한 모습으로 버텨내줄 수나 있을까 걱정이었다. 설상가상으로 필리핀에 과일을 가지고 들어가는 것은 엄연히 무역이었고 이것이 촬영용 샘플이라고 해도 식품 검역 절차를 거쳐야 한다는 게 아닌가. 만약 식품 검역 절차를 위해 제품이 며칠간 공항 창고에 머물게 되면 필리핀에서의 촬영이 무산될 수밖에 없었다. 그래서 고심 끝에 우리는 촬영용으로 보관해둔 키위의 절반은 정상적 절차를 밟아 식품 검역 신청을 하기로 했고 나머지는 각자의 짐에 몇 개씩 나누어 운반하기로 했다. 혹여 식품 검역을 통과하지 못하는 불상사가 일어날 때를 대비해 '밀수'를 감행한 것이다.

그해의 모델은 신성우와 황신혜였다. 당시 골드키위의 코믹 이미지를 소화해줄 모델이 필요했는데 기왕이면 그전까지 코믹한 모습을 보여준 적 없는 사람이 나왔으면 좋겠다는 바람이 있었다. 고심 끝에 신성우로 결정되었다. 그런데 그 사람이 과연 짱구 춤을 추는 코믹 이미지의 광고에 동의할까. 내 기억 속의 신성우는 나의 이십 대 초반에 '서시'를 부르던 긴 머리의 테리우스 이미지였는데 그런 사람이 짱구 춤을 추면서 노래를 할까? 감독조차도 과연 그 연출이 가능할지 걱정스러운 마음으로 그에게 우리가 원하는 춤을 찍은 비디오 자료까지 보내며 춤에 대한 준비를 부탁했다.

본인은 정말로 몸치여서 춤은 안 된다며 감독의 속을 태우던 신성우는 막상 촬영이 진행되자 예전의 로맨틱한 모습을 지우고 과감히 망가져주었다. 겨우 한숨 돌리나 싶었는데 그린키위의 모델이었던 황신혜가 부친상을 당했다는 소식이 날아들었다.

다른 것도 아니고 부친상인데 필리핀에 일정에 맞춰 와달라고 요구할 수 있을까? 하지만 필리핀에서 체류 기간을 늘린다는 것은 비용의 발생을 의미했고 그렇다고 스무 명이 넘는 스태프들이 촬영도 못한 채 돌아가야 하나 싶어 참으로 난감한 순간이었다. 그러나 프로는 역시 아름다웠다. 황신혜는 부친의 발인이 끝나자마자 당일 비행기를 타고 필리핀으로 날아와주었고 그런 황신혜에게 감독은 커다란 꽃다발로 모두의 감사를 전했다. 40대에 진정한 20대의 몸매를 지닌 몸짱 황신혜의 비키니 촬영에 감탄하면서 우리는 무사히 일정을 마칠 수 있었다. 예전에 한 드라마에서 연인으로 나왔었고 친분도 있었던 신성우는 황신혜의 부친상을 따사로이 위로해주었고 덕분에 촬영 분위기도 편안했다. 그런데 너무 황당하게도 그날 촬영한 황신혜의 비키니 광고는 나의 광고 경력에서는 처음으로 '노출 과다'라는 이유로 심의에 걸려서 재편집을 해야만 했다.

고민도 웃음도 많았던 필리핀에서 첫 촬영. 필리핀 해변에서 한국식 횟감과 소주를 놓고 함께했던 촬영 뒤풀이의 추억이 오래도록 마음에 남아 있다.

홍보는 영원한 숙제다

5월이면 제스프리 키위가 한국에 들어온다. 그때부터 시작되는 고민은 이제 '어떤 홍보를 하는가'다. 더이상 제스프리 키위의 한국 출시가 뉴스거리가 되지 않기 때문에 새로운 이슈를 만들어서 홍보를 하는 것은 해마다 풀기 어려운 숙제이다.

흔히 홍보와 광고를 혼동하곤 하는데 홍보와 광고의 가장 큰 차이는 광고는 돈을 지불하고 신문의 지면을 사거나 방송의 광고 타임을 사는 것이고 홍보는 그것을 돈으로 지불하지 않는다는 거다. 만약 '키위가 아이들에게 좋다'거나 '키위에는 비타민 C가 많다'라는 주제의 기사가 신문에 실렸다면 그것은 홍보의 결실이다. 반대로 키위 광고가 신문 지면에 게재되면 그건 그야말로 광고인 셈이다. 광고는 돈을 지불하는 대신 뭐든 내가 원하는 대로 말할 수 있다. 홍보는 내가 기사를 쓰거나 프로그램을 만드는 사람이 아니기 때문에 마케터는 단지 협력자 노릇밖에 할 수 없는 차이가 있다.

소비자들은 대부분 광고보다는 기사나 프로그램에 더 많은 신뢰를 보낸다. 그래서 요즘엔 마케팅에서 홍보가 점점 더 중요한 위치를 차지한다. 처음 제스프리 키위를 담당하게 되었을 때는 일단 광고 예산이 없었다. 키위에 대해 알리긴 해야 하는데 광고비는 없으니 키위가 기사화되거나 키위를 TV에서 소개해주는 방법밖에 없었다. 그래서 제스프리 초기에는 홍보에 더 많은 시간을 투자했다.

그중의 하나가 PPL(Product Placement)이었다. 자신의 제품이 TV에서 눈에 많이 띄도록 하는 것이다. 한 2~3년 전쯤에는 드라마나 시트콤, 오락 프로그램 등에 키위가 자주 등장했다. 그때 포털사이트 네이버에서 '왜 〈네 멋대로 해라〉라는 드라마에서 출연자들은 항상 키위를 떠먹는가'라는 질문이 올라오기도 했고 드라마 출연이 잦은 배우 한 사람은 방송사를 옮겨다니며 촬영을 하다가 "여기도 키위야? 어제도 키위 나왔는데"라고 말하기도 했다.

'키위는 떠 먹는 과일이다'는 사실을 한국 시장에 알리고 싶고 그러려면 TV에서 자주 보여줘야 했다. 방법은 무식하고 우직했다. 모든 방송국 촬영 스튜디오에(그래봐야 한 일곱 개쯤 되었다) 매주 키위를 스푼과 함께 무조건 배달하는 거였다. '혹시 과일이 나오는 신이 있으면 키위를 넣어주세요'라는 부탁과 함께. 한주 내내 과일 나오는 신이 없으면 소품실 요리 담당이 팀원들과 나눠 먹거나 출연진들이 먹거나 그건 내가 상관할 바 아니었다. 그저 꾸준히 키위를 보냈고 가끔 홍보 담당자가 들러 '잘 부탁드린다'는 말을 전했다. 그런데 역시 한국 사람들은 인정에 약했다. 언제부터인가 키위가 슬금슬금 이 프로 저 프로에서 나오기 시작하는 거였다.

TV를 보면 주인공들의 대화보다 테이블에 키위가 놓여 있었는지, 가족들이 모여 이야기하며 키위를 먹고 있었는지만 보였다. 아무튼 공은 들인 만큼 돌아오는 건지 내가 보기에도 여기저기 많은 방송에서 키위가 등장하며 일상에서 자주 먹는 과일로 자연스럽게 한국 소비자들에게 인지되는 효과를 톡톡히 봤다.

사실 홍보의 중요성은 '익숙해지기'이기도 하다. 외국산 과일에서 우리의 일상에서 편하게 먹는 과일로 키위에 대한 인식을 바꾸기 위해서는 광고보다 이런 홍보의 효과가 더 필요했다. TV 프로그램의 출연진들이 키위를 먹고 있으면 소비자들에게 키위가 익숙해지는 것이다. 요즘은 이런 홍보의 툴들이 많이 사용되고 있고 과도한 PPL이 프로그램의 질을 떨어뜨린다는 비판도 만만치 않다. 그러나 홍보는 광고 대비 저가의 비용으로 마케팅 효과를 톡톡히 볼 수 있는 분야다. 물론 여기에도 시간과 노력이 들어야 하지만 말이다.

몇 년 전 한 프로그램에서 키위는 영양이 높아서 우리 몸에 좋다는 내용을 내보낸 적이 있었다. 다음날 키위는 가락동 도매시장에서부터 동네 슈퍼마켓까지 그야말로 불티나게 팔렸다. 그해에는 예상 판매치의 두 배가 넘는 판매량을 기록했는데 이것이 모두 홍보의 힘이다. 한국 시장의 의외의 판매 기록에 대해 다른 나라의 매니저들이 비결을 물었다. 제스프리의 판매를 비약적으로 성장시켜준 프로그램, 그러나 그 프로그램이 우연히 그렇게 나올 수 있었을까? 물론 내가 프로그램 제작을 결정할 수는 없다. 그러나 제스프리는 방영 두 해 전부터 서울대, 코넬대와 손잡고 키위의 영양 분석을 의뢰했으며 꾸준히 그 사실을 피디나 작가에게 알려왔었다. 혹시나 과일의 영양 성분에 대해 다룰 일이 있으면 꼭 참고해달라고 부탁하며 말이다.

영양 이야기나 생활 정보를 제공하는 프로그램 작가들의 경우 항상 새로운 소재가 필요하기에 그런 정보들을 거부감 없이 받아준다. 물론 방영되고 안 되고는 나중의 일이지만 홍보는 장기적인 시간과 노력의 투자가 필요한 분야다. 어느 방송 담당자가 우리 자료를 검토하다가 혹시 외국의 자료는 없냐라고 묻는다면 부랴부랴 스코틀랜드부터 미국 심지어 오슬로대학 자료까지 모두 찾아내어 보내는 성의를 보인다. 뉴질랜드대학 교수의 코멘트를 따고 싶다는 요구를 해오는 경우도 있었다. 그러면 나는 뉴질랜드로 함께 날아가 필요한 정보를 빠짐없이 제공했다.

그런 시간들이 하나 둘 쌓여서 어느 날 키위의 영양에 대한 이야기가 한국의 메인 방송에 나오게 되었다. 물론 키위만의 프로그램은 아니었고 다른 많은 과일들이 함께 소개되었다. 그러나 우리쪽에서 제공한 자료들은 방송 용어로 '그림이 좋았고(외국의 장면이 많이 나오므로)' 학술적으로 신뢰받는 서울대나 뉴질랜드 국립대 교수들의 코멘트가 많아 키위가 더 많이 소개되는 행운을 가질 수 있었다. 그러나 이런 행운들이 해마다 일어나는 것은 아니어서 제스프리의 5월은 언제나 또다시 어떤 홍보를 해야 하나 하는 고민과 함께 시작된다.

장마와 함께 여름이 시작되면 키위 매출이 감소하기 시작한다. 이때는 여름 매출을 올리기 위해 프로모션 전략들이 필요하다. 흔히 볼 수 있는 매장에서의 시식 행사는 가장 기본적인 프로모션의 하나이고 해마다 그 외에 다른 많은 프로모션으로 여름 나는 법을 고민해야 한다.

골드키위는 어린이를 타깃으로 하기 때문에 어린이를 대상으로 하는 프로모션이 시작된다. 유치원을 방문해 골드키위를 나눠주고 시식행사를 하는가 하면 어린이 요리 대회에 골드키위를 메인 과일로 설정하기도 했다. 영어 교육을 중시하는 한국 엄마들의 시선을 잡기 위해 영어 키위 캐릭터가 나오는 교육용 비디오 테이프를 제작해서 판촉물로 나눠주기도 하고 어린이 전문 매거진과 연계 프로모션을 실시하기도 했다.

키위의 주 고객층이 주부라는 점에 착안해서 핸섬한 남자 모델 네 명으로 구성된 '키위포'라는 댄스팀을 만들어서 백화점 판촉 행사에 나서기도 했으며 여름 휴가철에 동해안 바닷가에서 고속도로 휴게소에서 제스프리 로드쇼를 개최했다. 임산부들에게 좋은 과일이라는 것을 알리기 위해 산부인과와 연계한 임산부 교실을 진행하기도 했다. 지난 10년간 제스프리가 시도했던 프로모션들을 모아보면 프로모션 책 한 권이 나올 만큼의 다양한 이벤트들을 제스프리와 함께 경험했다. 어떤 것은 성공이었고 어떤 것은 기대만큼의 효과를 거두지 못한 것도 있었다. 지난해 성공적인 이벤트가 다음해에는 별 반응이 없기도 했다. 트렌드는 빠르게 변했고 그 변화에 적응하고자 했던 나는 덕분에 한 번도 여름휴가라는 것을 즐겨보지 못했지만 딱히 더웠던 기억이 없을 만큼 빨리 지나갔다.

그중 지금까지 지속되고 있는 프로모션이 바로 키위 스푼을 나눠주는 것이다. 키위 판매에서 가장 큰 난관 중 하나는 이 녀석의 외모가 전혀 매력적이지 않다는 것과 먹는 방법이 불편하다는 점이다. 오렌지나 사과처럼 매장에 진열해놓으면 식감이 도는 게 아니라 황토색 감자 비슷하게 생긴 것이 설마 그 속에 노랑, 초록의 속살을 감추고 있을 거라는 생각이 전혀 떠오르지 않는다. 하지만 외모를 어찌 하겠는가. 일단 외모는 그렇다고 쳐도 먹기라도 편해야 될 텐데 깎으면 온 손에 과즙이 흘러 영 불편하다.

그래서 나온 것이 떠 먹는 키위의 아이디어였다. 윤다훈부터 시작해 차승원, 신성우, 정준호를 거쳐 계속해서 키위를 떠 먹는 광고가 나오는 건 그 때문이다. 처음에 윤다훈의 광고는 카피에서도 '숟가락도 신이 나서 골드키위'라는 멘트와 함께 떠 먹는 장면이 강조되었다.

'키위를 떠서 먹자'는 물론 내 아이디어가 아니다. 과일을 깎아 먹는 한국에서, 정확히 말하면 엄마가 깎아주는 과일을 먹고 자란 내가 그런 아이디어를 어떻게 낼 수 있겠는가. 키위를 떠 먹는 것은 이미 자몽이나 달걀처럼 떠 먹는 것에 익숙한 유럽에서 먼저 나온 아이디어였고 일본에서는 이미 그 아이디어를 도용하는 단계였다.

내가 한 일은 그 아이디어를 좀더 적극적으로 광고에 집어 넣고 마케팅으로 활성화시킨 거였다. 지금도 마트에서 키위 시식 행사를 하면 스푼을 사은품으로 주는데 3년 전쯤부터는 아예 포장된 키위 세트 안에 스푼을 넣어준다. 1년에 스푼만 해도 200만 개 이상을 제작해서 시중에 나눠주니 키위를 사본 사람은 한 번쯤 키위 스푼을 본 적이 있을 테다. 요즘은 여섯 살 된 우리 아들도 키위는 스푼으로 떠 먹는다고 생각하는 걸 보면 이 아이가 성인이 될 때쯤이면 스푼으로 떠 먹는 키위라는 콘셉트가 완전히 자리를 잡을지도 모르겠다.

요즘엔 브랜드 마케팅이란 말들이 도처에서 사용되고 있다. 나는 마케팅을 전공하지 않았다. 그래서 아직까지도 마케팅 이론서에 대해서도 무지한 편이다. 그럼에도 불구하고 마케팅과 광고라는 걸 15년 이상 하면서 현장에서 느낀 건 결국 마케팅이란 한 제품이 소비자들에게 효과적으로 자신에 대해 말한다는 것이다. 우리가 남에게 나를 설명할 때와 비슷하지 않을까. 우리가 누군가를 떠올릴 때 그 사람 하면 생각나는 것이 그 사람의 고유 브랜드일 것이다. 마케팅은 그래서 커뮤니케이션 기술이라고도 할 수 있다.

마케팅이란 새롭고 반짝이는 아이디어가 아니라 어쩌면 널려 있는 아이디어 중에 선택해서 어떻게 효과적으로 집중적으로 이야기할 것인지에 대한 고민이 아닐까 한다. 하늘 아래 그리 새롭고 뾰족한 아이디어가 있을까. 열심히 주변을 둘러보고 잘 베끼고 응용하면 된다. 하지만 이 '말 걸기'는 단순한 과장만이 아니라 알맹이도 있어야 한다. 키위를 떠서 먹는다는 것은 키위를 효과적으로 편리하게 그리고 깎는 것보다 더 많이 먹게 하는데 적절한 마케팅 툴이었다. 마케팅의 '말 걸기'란 그래서 무언가를 다르게, 그러면서 새롭게, 또한 모두가 공감할 수 있어야 하는 것이다.

제주도에서 자라는 골드키위

한 회사의 대표가 된다는 것은 비록 직원이 한 명밖에 없는 1인 회사일지라도 결정의 순간에 판단을 내리고 책임을 진다는 의미이다. 1인 사원 겸 사장으로 시작했을 때는 무엇을 어디서부터 시작해야 할지 앞이 보이지 않았다. 제스프리 코리아는 뉴질랜드산 키위를 직접 수입하지 않는다. 수입은 수입사가 맡아서 하되 세일즈를 견인할 수 있는 마케팅 서포트와 시장에 대한 자체 분석으로 한국에 들여올 전체 수입량만 판단하는 선장 역할을 해야 한다.

당시 제스프리 키위를 수입하는 곳은 '현대상사' '수일통상' '열매나라'라는 세 곳의 회사였는데 그들은 나에게 소중한 고객이자 파트너였고 과일 시장에 관한 한 선배이기도 했다. 그러나 한편으로 나는 제스프리 본사의 입장을 대변해야 했으며 전체 시장의 성장을 위해 각 회사들의 이해 관계를 조율하는 위치에 있기도 했다. 스물아홉의 여자가 그것도 직장 경력이라곤 광고와 홍보회사에서의 6년이 전부인 당시의 내가 감당하기에는 지금 생각해도 벅찬 자리였다.

　세 회사의 사장님들은 모두 과일 업계 경력이 20년 이상은 족히 되는 베테랑이었고 그분들이 보기에 나는 어쩌면 영어를 조금 할 줄 알아 운이 좋아서 좋은 자리에 앉게 된 철딱서니로 인지되었을지도 모른다. 내가 제시하는 가이드라인을 잘 따라주었지만 그것은 내 개인 능력보다는 직위가 주는 권위였다. 그러나 제스프리에서 쌓아온 시간들 속에 세 회사와의 인연은 나를 키워주고 이끌어주었다. 97년 7월 말에 회사에 갓 들어오고 나서였다. 도대체 물량이 한국으로 어떻게 들어오는지 한국 시장의 규모는 어떠한지를 채 파악하기도 전인 그해 11월, 제스프리의 가장 큰 거래선인 현대상사가 부도를 맞았다. 뉴질랜드에 지불할 물품 대금이 미납인 상태였기 때문에 어떻게 해야 할지 눈앞이 캄캄했다. 부도는 드라마에서만 보았던 나에게 뉴질랜드에서는 하루가 멀다하고 상황을 보고하라는 독촉 전화가 걸려왔다. '지불 조건이 L/C가 아닌 T/T이고 물품 반출에는 부산의 냉장 창고에서부터 O.B.L(Original Bill of Lading)이 있어야 하는데 누가 O.B.L을 제출했는지' 등 전화기 너머로 폭포처럼 질문들이 쏟아지고 한국말로도 이해 불가능한 말들에 어떤 답변을 어디서부터 시작해야 하는지 난감했다. 그 와중에 현대상사 송명규 사장과의 인연이 시작되었다.

당시 송명규 사장은 제스프리 아시아 사장과 내가 함께한 삼자 미팅에서 자신이 부도를 낸 금액을 어떻게든 갚겠다고 약속했다. 세월이 걸리더라도 말이다. 그것은 명예의 문제라는 그분 말씀의 진정성이 우리의 가슴에 와닿았고 제스프리는 어떤 법적인 조치도 취하지 않고 그분의 말을 믿겠다고 했다. 서면 하나 없이 그렇게 'Gentlemen Agreement(신사로서의 약속)'을 맺었다. 그 분은 키위로 일구었던 사업이 부도를 내었으니 다시 키위로 도전하겠다며 백의종군하는 심정으로 제주도로 내려가서 키위 농가를 시작하겠다고 했다. 제스프리에서는 입사 4개월째인 내게 책임을 묻지 않았고 현대상사의 부도는 그해 일본의 비약적인 세일즈 기록에 묻혀 회계상의 작은 마이너스로 기록되었다.

그리고 세월이 흘렀다. 가끔 제주에서의 생활을 묻는 전화 통화만 하고 있었는데 4년 후 송 사장이 내게 점심이나 하자며 전화를 주셨다. 점심 식사 후 송 사장은 내게 봉투를 내밀었다. 그 속에는 예전에 제스프리에 미지불했던 키위 대금이 들어 있었다. 이미 제스프리에는 현대상사 부도 당시의 회장과 임원진들까지도 바뀐 상태였고 현대상사의 부도건은 종결된 사항이었는데도 그 분은 약속을 지켰고 자신의 명예를 지켰다. 비록 알아주는 이가 나와 첸 사장 이외에는 없다 해도, 수억이나 되는 돈을 받을 쪽에서 요구하지 않는데도 신뢰의 힘을 보여주었다. 뉴질랜드 본사로 전화를 해서 예전에 부도를 냈던 한국의 사장으로부터 미납금을 받았다고 보고했을 때 나는 가슴 깊이 뿌듯했고 뉴질랜드에서도 있을 수 없는 일이라고 놀라워했다.

　그리고 다시 3년여의 시간이 흘렀다. 제스프리 골드키위 판매가 아시아에서 자리를 잡자 이 제품의 12개월 유통을 위해 아시아에서도 골드키위를 재배하자는 의견들이 뉴질랜드에서 나왔다. 뉴질랜드산 골드키위는 한국에서 5월부터 10월 정도만 유통할 수 있었고 이를 보충하기 위해서는 북반구의 아시아에서 골드키위를 재배해야 했다. 일본은 이미 에이매 현에서 골드키위 재배가 확정된 상황이었다. 한국 내 골드키위 재배를 위해 나는 제주도를 적극 추천했고 결국 제주도가 골드키위 생산지로 결정되었다. 제주도는 뉴질랜드 키위 재배지인 타우랑가와 화석토인 토양을 비롯해 일조량, 강수량 등 모든 면에서 아주 흡사한 천혜의 조건을 갖추고 있었다.

　문제는 장소 선정이 아니라 제주도에서 누가 그 프로젝트의 책임을 맡느냐 하는 것이었다. 제주 농가들이 골드키위를 키우게 된다면 누군가 전체 농가를 이끄는 책임자가 되어서 효율적으로 재배를 해야 했다. 제주 농가를 대표하고 뉴질랜드와의 대화 창구가 되어줄 수 있는 신뢰할 만한 사람을 선임하는 것은 한국의 골드키위 농가들에게나 뉴질랜드에게나 매우 중요한 사항이었다. 제주 골드키위 대행 회사의 대표를 맡으려면 우선 키위 재배에 대한 깊은 이해가 있어야 했다. 그래서 현재 제주도에서 어떤 키위 농가가 가장 품질 좋은 키위를 생산하는지에 대한 시장 조사부터 들어갔다. 결과는 놀랍게도 백의종군의 마음으로 키위 재배부터 시작하겠다던 송명규 사장의 '현대농산'이었다.

결국 현대의 송명규 사장은 제주도 골드키위 농가 대행 회사의 대표 자리를 맡으면서 다시 제스프리와 인연을 맺게 되었다. 1995년에 처음 제주산 골드키위를 수확하던 자리에서 뉴질랜드에서 온 이사들과 일본의 바이어들도 제주 키위의 품질에 놀라움을 표현하며 'World Best'라는 극찬을 아끼지 않았다. 그럼에도 불구하고 송 사장은 첫 수확 기념 행사에서 본인이 판단하기에 1등급이 아니라고 생각되는 키위를 모아서 태워버렸다. 키위는 첫째도 둘째도 셋째도 품질이 좋아야 한다는 것, 수준 이하의 제품을 시장에 내놓느니 차라리 태우겠다는 의지를 한국에서 가장 먼저 수확된 골드키위를 태워버리는 것으로 다른 제주 농가들에게 웅변했다.

조만간 제주도산 골드키위가 한국 시장에 정식으로 첫선을 보일 예정이다. 제주 골드키위 농가들의 열정과 송 사장의 원칙을 생각하면 나는 제주도산 골드키위가 명실상부한 월드 베스트 품질이 될 것이라고 믿어 의심치 않는다.

06

여자 나이 39, 새로운 → 도전을 시작하다

외발 자전거에서 내려오다

제스프리를 떠날 때 나는 가급적 조용히 떠나고 싶었고 이런저런 상념들 때문에 정신적 여유가 없었다. 그런데 유잔 첸 사장은 반드시 송별회를 그것도 관련 업계 사장들과 직원들을 모아서 호텔에서 하자고 주장하는 게 아닌가. 나는 솔직히 귀찮았고 송별식이 무어 그리 중요하랴 싶어 심드렁했다. 싫다는 나에게 그는 억지로 초청할 사람들 명단을 작성하라고 했고 그의 의지대로 송별회가 이루어졌다. 제스프리 지사장을 하며 알고 지낸 업계의 지인들과 친구들, 나의 가족들과 아들까지 참석한, 오롯이 나만을 위한 이벤트는 그간 내가 가졌던 어떤 행사보다 성대했고 그는 거기서 내 어머니에게 감사의 인사를 전했다.

"따님 덕분에 한국 제스프리를 많이 키울 수 있었습니다."

그때 그가 내게 했던 말이 아직도 기억에 남는다. "희정, 끝은 항상 근사하고 축복받는 모습이어야 한다. 왜냐하면 이것이 너의 새로운 시작이 될 것이니까."

태풍이 한반도에 상륙한다는 뉴스를 듣고 서울에서 밤길을 달려 남해로 내려갔다. 폭우 속에서 비를 맞았다. 이렇게 마음 편히 비를 맞아보는 게 얼마만인지. 내일의 일도, 옷이 젖는다는 것도, 누군가 이상하게 쳐다보지 않을까 하는 고민도 사라지고 속이 후련해졌다. 철없는 짓을 하는 편안함을 잊고 살았다. 어른이어야 했고 어른인 척해야만 했던 시간들, 내가 정형화되어가던 시간의 틀에서 잠시 벗어났다. 세상의 상식에서 볼 때 생산적이지 못한 행동들이 때로 내게 얼마나 필요한 시간이었던가. 잊고 있던 감성들이 살아나기 시작했다. 초록의 생명으로, 반짝이는 열정으로 살아갈 수 있는 싹이 내 속에 아직 남아 있음을 느꼈다. 왠지 모를 허무와 공허함 속에서 지친 일상들에 작별했다. 상륙하는 태풍을 따라 남해로 내려간 길은 태풍의 향로를 따라 안동까지 이어졌다. 폭우와 함께한 여행길. 나무가 뽑히고 교통이 통제되는 자연휴양림을 찾아가 전기가 들어왔다 끊겼다 하는 통나무집에서 밤새 빗소리를 음악 삼아 취해보았다. 팽팽히 잡고 있었던 줄을 놓아버리고 찾아온 시간은 평화로웠다.

지리산으로 떠났다. 대한민국의 남도를 도는 깊은 산 속에서 나는 지난날들을 돌아보는 시간을 가질 수 있었다. 지리산 골짜기에 깊이 뿌리를 내리고서 몇십 년 몇백 년의 세월 속에 꿈꾸듯 서 있는 나무를 보며 생각했다. 일을 하고 바쁘게 산다는 정당한 이유를 앞세우고 내가 잊고 산 것은 무엇일까? 새벽 동이 트기 전 드문드문 서 있는 가로등이 외롭게 비추는 어촌의 작은 길을 달리며 사람이 사람으로 산다는 것은 무엇일까라는 생각이 머리에서 떠나지 않았다. 아등바등했던 일들이 지워지고 상처받았다고 생각했던 일들도 먼 옛날처럼 아스라해졌다. 그러면서 내가 나로 산다는 것, 여성으로서 산다는 것, 21세기의 지구에 산다는 것에 대해 감사하게 되었다.

제스프리를 그만두는 날 수일통상의 석수경 사장은 충전의 기회를 가지라며 세계일주 오픈 티켓을 선물하셨다. 그것도 퍼스트 클래스 오픈 티켓 두 장이었다. 기간도 나라도 전혀 제약이 없이 퍼스트 클래스에 몸을 싣고 세계를 돌아다닐 수 있는 기회를 제공하신 거다. 그래 여행을 떠나볼까? 내 생에 언제 이런 해외 여행을 꿈꿀 수 있을까? 세계 지도를 펴놓고 가보고 싶은 곳을 찾아보았다. 동유럽에서 남미까지. 둘러보고 싶은 많은 도시들이 눈에 들어왔다. 국내를 여행하며 다음 해외 여행에 대한 기대로 몇달을 보냈다. 행복한 상상의 시간들이었다.

그러나 그 선물이 내게 더욱 의미 있었던 것은 내게 길 떠날 준비가 된 마음을 열어주었다는 점이다. 어느 동화에 "나라를 다스리는데 가장 힘든 일이 생기면 이 상자를 열어보아라"라는 말에 힘을 얻어서 나중에 더 힘든 일이 생길 때 상자를 열어보아야지라고 생각하며 평생을 잘 살았다는 어수룩한 왕 이야기가 있다. 내가 평생 그

티켓을 쓰지 않고 살지는 않겠지만 지금 내게 그 선물이 더욱 값진 것은 내 인생에서 장기 여행을 꿈꾸게 해준다는 점이다. 막상 그런 선물을 받고 보니 막연히 떠나고 싶다는 말만 했었지 진실로 그런 장기 여행을 현실감 있게 계획해본 적이 없음을 알았다. 혹시 나는 주어진 것에 너무 경직되어 있었던 것은 아닐까? 내가 없다고 회사가 무너지는 것도 아니고 6개월쯤 해외 여행을 다녀온다고 해서 또 다른 일거리를 영영 찾을 수 없는 것도 아닌데 말이다. 나는 어쩌면 일상이 가져다주는 시간표 속에서 작은 일탈들만 꿈꾸었나 보다. 20대 중반에는 직장 동료들과 술자리를 가지다가 누가 바다가 보고 싶다고 하면 그 길로 동해로 가서 해 뜨는 새벽 바다를 보고 곧바로 출근을 하기도 했었다. 그런 작은 일탈에서 해방감을 느낄 줄만 알았지 제대로 떠남을 꿈꿔보지도 못한 내 사고의 경직성을 알려준 선물이었다.

나는 아직 장기 세계 여행을 실행에 옮기지 못했다. 어쩌면 언젠가 훌쩍 그 선물을 들고 세계 여행에 오르는 날이 있으리라. 지난 6년간 엄마의 무수한 출장만을 지켜보던 아들이 성장해서 내가 보내는 엽서들을 받아보면서 기뻐해줄 그날이 오면.

선택은 나의 몫이다

제스프리를 그만두고 얼마 지나지 않아 프랑스의 명품 주방 제품 회사가 한국에 진출하려고 하는데 지사장을 찾는다며 나에게 인터뷰 제안이 들어왔다. 그 회사는 유럽에서 최고의 시장 점유율을 자랑하는 고가의 키친웨어 회사였는데 냄비 하나에 20만~30만 원대가 훌쩍 넘는 제품들을 판매하는 곳이었다. 그런 냄비에 라면을 끓인다고 더 맛있는 건지는 모르겠지만 내게는 찬장의 장식용 이상으로 보이지 않는 그 제품들이 시장에서 반응이 무척 좋다는 것이다. 한국 유명 백화점들에 이미 입점이 예정되어 있었고 청담동에 사무실을 오픈할 예정이라고 했다. 나와 함께 일할 부장급 직원은 선정되어 있었고 사장을 찾는 인터뷰였다.

서울의 한 호텔에서 일차 면접이 이루어졌다. 그곳에서 만난 아시아 사장은 나의 경력에 만족을 표했고 한국에서 새롭게 시작하는 만큼 나처럼 도전을 좋아하는 사람을 찾고 있다고 했다. 그녀는 당장 자신과 함께 일해보지 않겠냐며 본사의 회장에게 화상 인터뷰를 주선하겠다고 제안했다. 다음주에 바로 본사 회장과 회상 회의가 이루어졌고 일은 일사천리로 진행되는 듯했다. 그쪽에서는 나의 요구조건들을 받아주겠다고 했고 억대 연봉과 청담동의 근사한 사무실, 유능한 직원까지 모든 것이 갖추어진 것처럼 보였다. 거기다 아시아 사장은 본인이 곧 본국으로 돌아갈 예정이니 한국 시장을 맡으면서 시장 상황에 따라 일본 사장을 겸하고 아시아 시장을 맡아주는 게 어떻겠냐는 달콤한 제안도 곁들였다. 아시아 사장은 브라질계 전직 여성 변호사 출신이었는데 같은 여성이라 그랬는지 우리는 말이 잘 통했고 몇잔의 와인을 함께하며 여성들만의 연대감도 생겨났다.

그러나 결국 나는 그 길을 선택하지 않았다. 언제 입사할 것인지 시기만 알려달라고 기다리는 그들에게 나의 대답은 '정말 미안하지만 함께할 수 없겠다는 것'이었다. 그 길은 단지 본사가 뉴질랜드에서 프랑스로 바뀌었을 뿐 예전에 내가 제스프리에서 했던 일의 반복에 지나지 않았다. 그런 나의 결정에 면접을 주선했던 헤드헌터 사장이 다시 생각해보라며 여러 차례 전화를 주셨다. "김 사장, 여성들이 성공하는 길에서 왜 벗어나려고 해? 뉴질랜드 식품 업계에서 그만큼 했으면 유럽쪽 주방용품을 거치고 거기서 4, 5년 자기 자리를 잡고 나면 그 다음은 명품 브랜드 지사장 자리에 갔다가 마지

막에 명품 화장품 지사장 하다가 은퇴하면 좋잖아" 하면서 안타까
워했다.

그러나 무엇인가 내 속에서 이건 아니라고 말하고 있었다. 내 나
이 서른아홉. 프랑스 주방용품 업계에서 사장하다가 명품 브랜드들
을 거쳐 50대 중반쯤 은퇴하는 삶이 내가 진정으로 원하는 것이었
을까? 잘하면 아시아 사장 자리까지는 내다볼 수도 있는 미래, 그
미래를 위해 나는 반복되는 일상을 선택할 것인가. 그건 아니었다.

'무엇을 하며 살까'와 '어떻게 살까' 사이의 고민이 깊어졌다. 무
엇이든 하면서 살 수는 있을 것 같은데 '어떻게 살까' 하는 것은 단
순하지 않았다. 내 회사를 설립하자고 결정하기까지 고민이 적었다
면 거짓이다. 그러나 두 가지 이유로 인해 나는 회사를 설립하기로
결심했다.

우선은 내가 요란하게 말하던 '리스크 테이킹'을 마흔이 되기 전
에 한 번 더 해보겠다는 것이었다. 마흔이 넘으면 지금보다 훨씬 비
겁해질 것이란 생각이 들었다. 그땐 더 많이 타협하고 싶어질 것이
다. 제스프리 시절 나는 월급 사장이었고 내가 내린 결정이 틀렸다
고 해도 내게 돌아오는 것은 아마도 해고나 문책에 불과했을 것이
다. 그렇다면 살면서 나는 진정한 '리스크 테이킹'을 한 적이 있었
던가. 누군가 내게 사람을 보려거든 그의 말이 아니라 행동을 보라
고 했다. 나는 어쩌면 말로만 용감하게 살았는지도 모른다. '리스크
테이킹'이란 실천하는 것임을 내가 나에게 보여주고 싶었다.

다른 이유는 더 직접적인 것이었다. 제스프리를 떠난 후 여러 연

줄 덕분에 내게 브랜드 마케팅 컨설팅을 해달라는 제안들이 들어왔다. 실무 경험을 살려서 실질적인 제안들을 해줄 수 있지 않을까라는 기대 섞인 요청들이었다. 그러나 나는 기본적으로 컨설팅을 믿지 않는다. 이런저런 제안을 할 수 있는 능력이 있다면 본인이 나서서 실천해 보여야 한다고 믿기 때문이다. 내가 감히 강의 요청을 받고 간 자리들, 한국 농산물의 브랜드 방향이나 전략에 대한 회의에서 물론 마케팅에 대한 제안들을 할 수는 있었다. 그러나 내가 과연 내게 의뢰를 한 사람들보다 그들의 제품에 대해서 더 고민할 수 있을까? 내가 누군가에게 이 길로 가라 저 길로 가라 제안하려면 정작 내가 그 길로 가보아야 한다는 생각이 떠나질 않았다. 마케팅 컨설팅이라는 게 진정성을 가장한 사기극처럼 느껴져서 그런 일은 할 수가 없었다.

누군가를 위해 일하는 것도 선택할 수 없고 누군가에게 훈수를 두는 일도 하지 않아야 한다. 내 스스로 '리스크 테이킹'을 하려면 나의 회사를 설립하는 수밖에 없었다. 그래서 'NZ Orchard(뉴질랜드 농원)'가 시작되었다.

새로운 열정, NZ Orchard

창고에 들어섰다. 비어 있는 공간에서는 목소리의 울림이 더 크게 느껴진다. 앞으로는 빈 들판이 펼쳐져 있는 텅 비어 있는 창고. 여기가 나의 새로운 시작을 꿈꾸는 공간이다. 청담동의 냉난방 시설이 갖추어진 사무실도 아니고 더이상 기댈 본사도 없고 나의 결정을 지지하거나 검토해줄 상사도 없는 나의 회사는 이렇게 시작되었다.

'N.Z. Orchard'라는 이름의 회사를 설립했다. 뉴질랜드의 친환경 제품들을 제조하고 수입하는 회사이다. 제스프리에서 일하며 우리 아들이 성장해나가는 모습을 보는 동안 우리 아이에게 바른 먹을거리, 환경에 무해한 제품을 주는 회사를 만들고 싶었다. 내가 경험해본 뉴질랜드는 그런 나의 바람을 실현시킬 수 있는 제품들을 만들어내는 곳이었다. 그런 생각을 하는 와중에 예상 밖의 연락이 왔다.

제스프리 시절 함께 일하던 뉴질랜드 사람들이 회사를 설립했는데 한국에서 내가 회사를 만든다는 말을 들었다며 그 회사의 제품을 고려해보지 않겠냐는 것이었다. 전임 제스프리 회장이었던 토니 마크스와 당시 키위 물량을 분배하는 일을 맡아서 나와 어지간히도 많이 언성을 높이던 스코트와 저스틴이 뉴질랜드 남섬의 넬슨에 회사를 구입했는데 함께 아시아 시장에 맞는 제품을 개발해서 유통해보자는 제안이었다.

토니 회장은 제스프리 시절 내가 골드키위 광고를 진행할 수 있게 지지해준 분이고 그 후에도 꾸준히 서로의 안부를 챙기고 있었다. 스코트는 일본 물량 담당자라는 자리를 떠나 1년여의 세계 여행을 끝내고 뉴질랜드로 돌아왔는데 이들이 함께 회사를 구입한 모양이었다. 이것도 인연인가 아니면 또 다른 신호인가. 내가 회사를 설립하려던 시기에 맞춰 이런 연락을 받게 되다니 '아마도 일이 쉽게 풀리겠구나' 하는 생각이 드는 것도 사실이었다. 내가 일하는 스타일에 대해 충분히 인지하고 신뢰할 수 있는 파트너를 찾는다는 것은 시간이 걸리는 일이다. 그런 면에서 내 사업의 첫 비즈니스는 순조롭게 시작된 것 같았다.

NZ Orchard를 시작하며 몇 가지 결심을 했는데 그중의 하나가 '책상 앞에 앉아서 이론으로만 떠드는 경영자는 되지 말자'였다. 내가 고민하고 개발한 물건들이 소비자에게 어떻게 배달되고 어떻게 인지되는지 현장에서 챙길 줄 아는 경영인이 되고 싶었다. 그래서 일산과 파주의 중간쯤에 덜렁 커다란 창고를 하나 얻어 사무실을 꾸렸다. '여기서 직접 나의 제품들이 쌓이고 나가는 모습을 보리라.' '내가 애정을 가지고 만들어내는 제품들이 쌓여 있는 모습을 직접 보고 그 앞에서 부끄럽지 않은 경영을 하리라.' 그런 결연함으로 창고에 사무실을 꾸린 지 어언 6개월, 지금도 내 창고 사무실에는 책상만 놓여 있다. 제품들은 아직 그 모습을 보이지 않는다.

함께 제품을 찾고 개발하기까지는 생각보다 긴 시간이 필요하다. 신제품 개발은 아무나 하는 게 아니었다. 일련의 일들을 겪으며 우리나라 식품 회사들의 제품 개발 과정에 대해 존경이 절로 생겨났다. 우선은 아이들을 위한 제품이므로 친환경적이어야 한다는 게 원칙이다. 넬슨은 뉴질랜드에서도 일조량이 가장 많은 지역으로 그곳에는 대규모의 사과 농장과 키위 농장, 포도밭이 있었다. 그럼 그 천연의 이점을 이용해서 어떤 제품들을 개발할 수 있을까. 넬슨 쪽에서 구입한 회사는 50년 가까이 천연 사과 식초를 개발하고 판매하는 곳이었다. 그럼 사과 식초의 개발 노하우를 가지고 골드키위 식초를 만들어보면 어떨까? 거기에 유기농 꿀을 넣어서 아이들이 마셔도 부담 없는 달콤한 맛을 개발해보면 어떨까? 그렇게 시작된 제품 개발은 상상할 수 있는 우여곡절과 상상하지 못했던 우여곡절까지 다 겪으며 드디어 완성되기 직전이다. 아마도 올가을쯤에는 나와 파트너들이 함께 시작한 골드키위 식초 음료가 세계 시장에 첫선을 보이지 않을까 기대해본다.

키위 식초 음료를 개발하면서 넬슨의 사과를 가지고 무엇을 더 할 수 있을까 하는 고민이 계속되었다. 그래서 결정한 제품이 넬슨 사과를 원료로 하는 어린이 빙과였다. 인공의 첨가물 없이 천연 사과를 갈아서 얼린 빙과류. 뉴질랜드 아이들에게는 이미 익숙한 콘셉트의 이 제품을 내 아들에게도 먹이고 싶었다. 올여름에는 우리 아들이 내가 만든 빙과를 먹을 수 있을까? 많이 먹어도 몸에 해롭지 않은, 설탕 함량을 걱정하지 않고 맘껏 사줘도 되는 아이스바를 한국 시장에 선보이고 싶다.

그리하여 아직도 텅 비어 있는 창고에서 나의 야근은 계속된다. 경비 업체에서는 도대체 정체를 알 수 없는 회사가 신기한가 보다. 가끔 밤늦게 전화를 걸어오고 둘러보러 오는 수고도 마다하지 않는다. 물건 하나 쌓여 있지 않은 창고에서 사람들이 무슨 야근을 이리도 많이 하는 것인지 궁금한 눈치다. 특히 이 지역은 제조업이나 물류를 하는 곳이 많아서 대부분의 사람들이 남자다. 그런데 웬 여자가 사장이라고 하는데 뭐 하는지는 모르겠고 그렇다고 피라미드 회사도 아닌 것 같다고 생각하는, 대충 그런 눈치다.

이 사무실에 나의 제품들이 쌓이는 날이 올까? 올겨울이 와도 나는 '내년 여름에는 우리 아들에게 친환경 제품의 아이스바를 먹일 수 있을까' 하는 고민을 여전히 하고 있을까? 누군가 나에게 '왜 인생을 모 아니면 도로 사는가. 개나 걸로 사는 인생도 행복한 거다'라고 충고한 적이 있다. 그렇다. 개나 걸로 사는 인생이 결코 잘못된 선택은 아닐 것이다. 그러나 어쩌겠는가. 태생이 모 아니면 도인 것을. 그나마 다행인 것은 처음에는 삭막하기만 하던 창고에서 한겨울을 버텨내고 나니 나름대로 내성이 생겼다. 겨울밤 야근을 하다 보면 멀리서 늑대 소리에 가까운 울음이 들린다. 처음에는 '신기하다, 무섭다'고 생각했지만 이젠 익숙한 일상이 되어간다. 점심을 먹고 남은 반찬을 마당에 뛰어 다니는 개들에게 나눠주는 일상에 익숙해지는 것을 보니 이곳 창고 사무실에서 아직은 거뜬히 버텨낼 수 있을 것 같다.

또 다른 10년을 그리며

회사를 직접 설립하기로 하고 나는 전혀 다른 도전들에 직면했다. 예전엔 당연했던 일들을 하나하나 내가 직접 해결해야 한다. 전화 선과 인터넷을 설치하는 것부터 책상을 조립하는 일까지 내가 몰라 도 되었던 일들을 고민하게 되었다. 예전에는 본사에서 지원하는 비용으로 사무실을 꾸려나가면 되었는데 이제는 복사지 하나를 구 입하는 것도 전부 내가 결정해야 하는 비용들이다. 고민을 거듭하 며 좌충우돌하고 있을 때 나와 면접을 했던 프랑스 회사는 청담동 에 예정대로 사무실을 꾸렸고 여전히 사장 자리는 공석이었다. 그 회사는 그때까지 내게 미련을 두는 듯했고 솔직히 그 안전한 질서 속으로의 편입에 적잖이 갈등이 되기도 했다. 무엇보다 두려운 점 은 CEO가 된다는 것이었다. 내가 설립한 회사에서 함께 일하는 직원들 한 사람 한 사람의 비전을 담보로 하고 그들의 자존심을 지켜주어야 하는 무서운 자리를 내가 과연 감당할 수 있을까? 그러나 감히 그 자리에서 시작해보고자 결심한 건 이제 나의 꿈을 실현하기 위해 살아갈 때가 되었기 때문이다.

어쩌면 이 도전이 실패할 수도 있을 것이다. 사업을 해야겠다고 결심하던 순간부터 그리고 막상 회사를 설립하고 난 이후에도 내게서 떠나지 않는 생각이다. 사업이란 망할 수도 흥할 수도 있는 것인데 만약 실패한다면 어떻게 할 것인가? 그때서야 안정된 길을 택하지 않은 걸 후회한다고 해도 늦을 테고 과연 후회하지 않을 자신이 있는가 하는 생각이 들었다. 적어도 내가 아는 한 사업은 '적당히'가 없다. 내가 가진 전부를 거는 것이다. 반만 걸치는 것도 없다. 어디 안전핀 하나 마련해두고 가는 법도 없다.

막상 회사를 시작하고 아무런 제품도 없이 준비 작업만 6개월 이상 하다 보니 지금은 고민이 구체화된 듯하다. "절대 그럴 리는 없겠지만 만약 이 길에서 실패한다면 한판 신나게 잘 놀았다고 웃고 다시 일어서자. 그럴 수 있나, 희정. 그럴 수 있다면 시작하자." 나는 내 인생의 어떤 순간보다도 맑은 정신으로 이 사업이 성공하도록 정진할 것이다. 그러나 성공에는 조바심을 내지 않겠다. 사업의 실패가 내 삶의 실패가 되어서는 안 된다. 나는 NZ Orchard가 내가 꿈꾸는 조직으로 성장하는 모습을 보고 싶다. 생명에 해가 되지 않는 제품을 만들고 유통시키고 조직원들이 비전을 가지고 다닐 수 있는 직장. 사회와 더불어 성장하고 비즈니스계에 새로운 룰을 만들어나가는 기업이 되는 모습을 지켜보고 싶다. 법인이라는 것이 설립을 해놓고 보니 말 그대로 이 녀석도 법적으로 탄생한 인간이다. 자식이 내 맘대로 안 되는 것처럼 이 녀석도 내 맘 먹은 대로 자라지 않을 수도 있다. 그러나 이 녀석을 세상에 잉태시켜놓았으니 충실한 부모 노릇은 하고 싶다.

『프리 에이전트의 시대』를 쓴 석학 다니엘 핑크의 신작『새로운 미래가 온다』는 정보화 시대를 좌뇌의 시대로 규정하고 정보화 시대 이후의 미래는 우뇌의 시대가 될 것이라고 예견한다. 그에 따르면 '지난 150년 동안 우리는 인간의 육체적 능력 위에 세워진 경제에서 인간의 좌뇌에 기반을 둔 경제로 옮겨왔으며, 오늘날에는 다시 인간의 우뇌에 더욱더 의존하는 경제로 이동하기 시작했다'고 한다. 다니엘 핑크는 인류가 농경 시대, 산업화 시대, 정보화 시대를 지나 개념과 감성의 시대에 들어섰다고 주장한다. 새로 전개되는 개념과 감성의 시대를 주도하는 것은 우뇌적 특징이다. 다니엘 핑크는 이를 디자인, 스토리, 조화, 공감, 놀이, 의미 등의 여섯 가지 키워드로 요약해 미래 인재의 조건으로 제시한다. 이 책은 세상의 변화를 '좌뇌에서 우뇌'로 설명하고 있는데 나는 그것이 남성성 위주의 사회에서 여성성이 필요해지는 시대로의 변화라고 믿는다.

다니엘 핑크가 말하는 미래 인재의 요소들은 엄밀히 따지자면 남성보다는 여성 속에 들어 있는 고유의 특징이다. 그가 지적한 디자인, 스토리, 조화, 공감, 놀이, 의미는 여성들이 이제껏 남성 위주의 룰에서 펼쳐 보이지 못했던 재능들이다. 아름다움을 이해할 줄 아는 감성을 가지고 남의 이야기를 들어주고, 자신의 이야기를 할 줄 아는 스토리텔링 능력과 타인과 공감하는 능력, 본질적으로 사람들과의 조화를 추구하며 의미를 찾는 여성의 고유성이 빛을 발하는 시기가 오는 것이다. 이제 이 사회에 여성들의 의미 있는 수다가 필요한 시대가 바야흐로 오고 있다. 지난 세기 사회생활에서 살아남기 위해 우리 속의 소소한 여성스러운 것들을 버리고 남성들이 정한 규칙 속에서 힘들어했다면 이제는 어쩌면 우리가 새로운 규칙을 정할 수 있는, 새로운 게임의 룰을 만들어낼 수 있는 시대가 오고 있는지도 모른다.

여성성은 생명이다. 앞으로 10년간 여성성은 더욱 중요해질 것이고 우리는 여성이라는 고귀한 생명력을 가진 존재로서 사회생활을 이끌어나갈 수 있는 지혜로운 방법을 찾아야 한다. 그리고 그 믿음 위에서 NZ Orchard가 새로운 시도들을 하게 되기를 희망한다.

누군가 실패하면 어떻게 하냐고 물은 적이 있다. 그때 나는 "글쎄 아마도 전세금을 빼서 지리산 자락 어디쯤에서 순대국밥집을 하게 되지 않을까" 하고 대답했다. 아마도 나의 대답을 들은 이는 농담이거나 아직 세상을 잘 몰라서 낭만적 전원생활을 꿈꾼다고 생각했을지도 모른다. 그러나 나는 낭만을 이야기한 것이 아니었다. 실패는 엄정하고 아플 것이다. 많이 힘들고 불편해질 것임을 모르지 않는다. 어쩌면 돌아서서 편안한 자리를 포기한 나의 결정을 스스로 후회할지도 모른다. 그러나 적어도 나는 순대국밥집을 해도 열심히 할 것이고 순대국의 새로운 마케팅 방법을 찾으려고 할 것이다. 순대국을 팔건 뉴질랜드 제품을 팔건 같은 마음일 수 있다면, 초심으로 돌아가 열정을 가질 수 있다면, 나는 이 시작을 후회하지 않을 것이다.

컨테이너를 회의실로 단장했다. 남향에 자리한 컨테이너엔 오후면 나른한 햇살이 들어오고 그 앞으로 화분들을 들여놓았다. 여름이 오면 평상을 마련할까 한다. 한여름의 비 오는 소리도 듣고 여름밤 야근에 지치면 평상에 나와 선선한 바람을 즐기며 일할 수 있는 소박한 여유 공간을 가지고 싶다. 어쩌면 성공이란 나를 만나러 가는 여정 그 자체일 것이다. 인생의 고비 고비를 즐기며 살아야겠다. 내가 딛는 발걸음이 어디로 향할지 아직은 모른다. 다만 정당한 방법으로 여성이라는 생명력이 잉태하는 길을 찾아 앞으로의 10년을 걸어보고 싶다.

여자 나이 스물아홉, 일할까 결혼할까 공부할까
© 2007 김희정

1판1쇄	2007년 8월 24일
1판3쇄	2009년 3월 20일

지은이	김희정
펴낸이	김정순
책임편집	심선영 김민정
펴낸곳	(주)북하우스 퍼블리셔스
출판등록	1997년 9월 23일 제406-2003-055호

주소	121-840 서울시 마포구 서교동 395-4 선진빌딩 6층
전자우편	editor@bookhouse.co.kr
홈페이지	www.bookhouse.co.kr
전화번호	02-3144-3123
팩스	02-3144-3121

ISBN 978-89-5605-199-4 03810

이 도서의 국립중앙도서관 출판도서목록(CIP)은 e-CIP 홈페이지(http://www.nl.go.kr/cip.php)에서
이용하실 수 있습니다. (CIP제어번호 : CIP2007002222)